崇文国学经典

古诗十九首
汉乐府选

胡涛　曹胜高　岳洋峰　译注

- 微信/抖音扫码查看
- ☑ 国学大讲堂
- ☑ 经典名句摘抄
- ☑ 国学精粹解读

图书在版编目（CIP）数据

古诗十九首；汉乐府选 / 胡涛，曹胜高，岳洋峰译注．-- 武汉：崇文书局，2023.4
（崇文国学经典）
ISBN 978-7-5403-7227-9

Ⅰ．①古… Ⅱ．①胡… ②曹… ③岳… Ⅲ．①古典诗歌－诗集－中国 Ⅳ．① I222.72

中国国家版本馆CIP数据核字（2023）第060405号

出 品 人　韩　敏
丛书统筹　李慧娟
责任编辑　杨晨宇　李利霞
责任校对　董　颖
装帧设计　甘淑媛
责任印制　李佳超

古诗十九首　汉乐府选
GUSHISHIJIUSHOU HANYUEFUXUAN

出版发行　长江出版传媒　崇文书局
地　　址　武汉市雄楚大街268号C座11层
电　　话　(027)87677133　邮政编码　430070
印　　刷　湖北恒泰印务有限公司
开　　本　880mm×1230mm　1/32
印　　张　5.625
字　　数　136千
版　　次　2023年4月第1版
印　　次　2023年4月第1次印刷
定　　价　33.00元

（如发现印装质量问题，影响阅读，由本社负责调换）

　　本作品之出版权（含电子版权）、发行权、改编权、翻译权等著作权以及本作品装帧设计的著作权均受我国著作权法及有关国际版权公约保护。任何非经我社许可的仿制、改编、转载、印刷、销售、传播之行为，我社将追究其法律责任。

崇　文　国　学　经　典

总　序

　　现代意义的"国学"概念,是在19世纪西学东渐的背景下,为了保存和弘扬中国优秀传统文化而提出来的。1935年,王缁尘在世界书局出版了《国学讲话》一书,第3页有这样一段说明:"庚子义和团一役以后,西洋势力益膨胀于中国,士人之研究西学者日益众,翻译西书者亦日益多,而哲学、伦理、政治诸说,皆异于旧有之学术。于是概称此种书籍曰'新学',而称固有之学术曰'旧学'矣。另一方面,不屑以旧学之名称我固有之学术,于是有发行杂志,名之曰《国粹学报》,以与西来之学术相抗。'国粹'之名随之而起。继则有识之士,以为中国固有之学术,未必尽为精粹也,于是将'保存国粹'之称,改为'整理国故',研究此项学术者称为'国故学'……"从"旧学"到"国故学",再到"国学",名称的改变意味着褒贬的不同,反映出身处内忧外患之中的近代诸多有识之士对中国优秀传统文化失落的忧思和希望民族振兴的宏大志愿。

　　从学术的角度看,国学的文献载体是经、史、子、集。崇文书局的这一套国学经典,就是从传统的经、史、子、集中精选出来的。属于经部的,如《诗经》《论语》《孟子》《周易》《大学》《中庸》《左传》;属于史部的,如《史记》《三国志》《资治通鉴》《徐霞客游记》;属于子部的,如《道德经》《庄子》《孙子兵法》《山海经》《黄帝内经》《世说新语》《茶经》《容斋随笔》;属于集部的,如《楚辞》《古诗十九首》《古文观止》。这套书内容丰富,而分量适中。一个希望对中国优秀传统文化有所了解的人,读了这些书,一般说来,犯常识性错误的可能性就很小了。

崇文书局之所以出版这套国学经典,不只是为了普及国学常识,更重要的目的是,希望有助于国民素质的提高。在国学教育中,有一种倾向需要警惕,即把中国优秀的传统文化"博物馆化"。"博物馆化"是20世纪中叶美国学者列文森在《儒教中国及其现代命运》中提出的一个术语。列文森认为,中国传统文化在很多方面已经被博物馆化了。虽然中国传统的经典依然有人阅读,但这已不属于他们了。"不属于他们"的意思是说,这些东西没有生命力,在社会上没有起到提升我们生活品格的作用。很多人阅读古代经典,就像参观埃及文物一样。考古发掘出来的珍贵文物,和我们的生命没有多大的关系,和我们的生活没有多大关系,这就叫作博物馆化。"博物馆化"的国学经典是没有现实生命力的。要让国学经典恢复生命力,有效的方法是使之成为生活的一部分。崇文书局之所以坚持经典普及的出版思路,深意在此,期待读者在阅读这些经典时,努力用经典来指导自己的内外生活,努力做一个有高尚的人格境界的人。

国学经典的普及,既是当下国民教育的需要,也是中华民族健康发展的需要。章太炎曾指出,了解本民族文化的过程就是一个接受爱国主义教育的过程:"仆以为民族主义如稼穑然,要以史籍所载人物制度、地理风俗之类为之灌溉,则蔚然以兴矣。不然,徒知主义之可贵,而不知民族之可爱,吾恐其渐就萎黄也。"(《答铁铮》)优秀的传统文化中,那些与维护民族的生存、发展和社会进步密切相关的思想、感情,构成了一个民族的核心价值观。我们经常表彰"中国的脊梁",一个毋庸置疑的事实是,近代以前,"中国的脊梁"都是在传统的国学经典的熏陶下成长起来的。所以,读崇文书局的这一套国学经典普及读本,虽然不必正襟危坐,也不必总是花大块的时间,更不必像备考那样一字一句锱铢必较,但保持一种敬重的心态是完全必要的。

期待读者诸君喜欢这套书,期待读者诸君与这套书成为形影相随的朋友。

陈文新

(教育部长江学者特聘教授,武汉大学杰出教授)

目录

古诗十九首

前言 …………… 3	驱车上东门 …………… 31
行行重行行 …………… 8	去者日以疏 …………… 33
青青河畔草 …………… 10	生年不满百 …………… 34
青青陵上柏 …………… 11	凛凛岁云暮 …………… 36
今日良宴会 …………… 14	孟冬寒气至 …………… 38
西北有高楼 …………… 16	客从远方来 …………… 40
涉江采芙蓉 …………… 18	明月何皎皎 …………… 41
明月皎夜光 …………… 19	附录
冉冉孤生竹 …………… 22	(清)徐昆《古诗十九首说序》
庭中有奇树 …………… 24	…………… 43
迢迢牵牛星 …………… 26	(清)钱大昕《古诗十九首说序》
回车驾言迈 …………… 27	…………… 43
东城高且长 …………… 29	

汉乐府选

前言 …………… 47	练时日 …………… 50

惟泰元	52	平陵东	79
天地	53	陌上桑	80
日出入	55	王子乔	82
天马	56	长歌行三首	84
华烨烨	57	其一	84
赤蛟	59	其二	84
郊祀灵芝歌	60	其三	85
朱鹭曲	61	相逢行	86
思悲翁曲	61	善哉行	87
上之回曲	62	折杨柳行	88
战城南曲	63	西门行	90
巫山高曲	64	东门行	91
上陵曲	65	饮马长城窟行	92
将进酒曲	67	妇病行	93
君马黄歌	68	孤儿行	94
芳树曲	68	雁门太守行	95
有所思曲	69	艳歌何尝行	98
圣人出曲	70	艳歌行二首	99
上邪曲	71	其一	99
石留曲	71	其二	100
箜篌引	73	白头吟	101
江南	74	怨歌行	102
东光乎	74	满歌行	102
薤露	75	其一	102
蒿里	76	其二	103
鸡鸣	76	淮南王篇	105
乌生	78	陇操	106

猗兰操	107	十三拍	125
履霜操	108	十四拍	125
贞女引	108	十五拍	126
箕山操	110	十六拍	126
文王受命	111	十七拍	126
芑梁妻歌	112	十八拍	127
霍将军歌	113	琴歌 二首	127
怨旷思惟歌	113	其一	127
饭牛歌	115	其二	127
水仙操	116	蛱蝶行	128
思归引	117	梁甫吟	129
琴引	118	悲歌	131
岐山操	119	羽林郎	131
大风起	120	董娇娆	133
胡笳十八拍	120	古诗为焦仲卿妻作 并序	134
一拍	121	枯鱼过河泣	140
二拍	121	武溪深行	140
三拍	121	同声歌	141
四拍	122	定情诗	142
五拍	122	猛虎行 三首	144
六拍	123	上留田行	145
七拍	123	古歌	145
八拍	123	艳歌	146
九拍	124	古咄唶歌	147
十拍	124	古步出夏门行 三首	148
十一拍	124	鸡鸣歌	148
十二拍	125	古艳歌 七首	149

古歌 二首 …… 151
　其一 …… 151
　其二 …… 151
郑白渠歌 …… 152
楚歌 …… 153
戚夫人歌 …… 153
秋风辞 …… 154
李延年歌 …… 155
乌孙公主歌 …… 155
瓠子歌 二首 …… 156
　其一 …… 156
　其二 …… 157
李陵歌 …… 158
黄鹄歌 …… 159
上郡吏民为冯氏兄弟歌 …… 159

广陵王歌 …… 160
五噫歌 …… 161
岑君歌 …… 162
董逃歌 …… 163
淋池歌 …… 163
越谣歌 …… 164
城中谣 …… 165
后汉桓灵时谣 二首 …… 165
箜篌谣 …… 166
成帝时童谣 …… 167
后汉顺帝末京都童谣 …… 168
后汉桓帝初小麦童谣 …… 168
后汉灵帝末京都童谣 …… 169
后汉献帝初京都童谣 …… 169
优孟歌 …… 170

古诗十九首

前　言

《古诗十九首》是中国古代文人五言诗选辑，由南朝萧统从传世的无名氏古诗中选录十九首编入《文选》而成。这组五言诗的作者，众说纷纭，迄今已有几千年，仍然没有定论。清代姜任修《古诗十九首绎》融合诸说，认为该组诗是枚乘、傅毅、曹植、文选楼中学士等人所作。

关于该组诗创作的年代，各类文学史书也持有不同观点。例如游国恩等主编的《中国文学史》认为该组诗创作年代约为公元140年至公元190年，即东汉后期数十年间。袁行霈则将该组诗编入"东汉文人诗"这一章节，并引用李炳海的观点，认为其出现最迟不晚于东汉桓帝时期（147—167）。马积高、黄钧表示该组诗产生于东汉末年桓灵之世。章培恒、骆玉明认为该组诗产生于两汉时期。张长弓《中国文学史新编》认为该组诗是汉魏之间作品。袁世硕、张可礼表示现在一般认为该组诗产生于东汉后期。钱穆认同东汉末年说。众人各持己见，莫衷一是，但大体而言，该组诗应为汉魏之间文人所作。

《古诗十九首》历来为人所称道,皎然《诗式》评"十九首辞精义炳,婉而成章,始见作用之功"。其中《涉江采芙蓉》一诗是2017年新课标推荐的背诵篇目,也是现人教版高中语文教材必修二中的重要篇目。清代赵翼有诗云:"国家不幸诗家幸,赋到沧桑句便工。"在时局动荡、政治黑暗的东汉末年,大量的中下层文人学子为了自我价值的实现而背井离乡,以期能够通过游宦等方式改变自己的宿命。但时势总是残酷无情,《古诗十九首》中很多诗篇便是这些失意文人在宦游无门,故乡已远的境况下的痛苦呻吟。但也正是因为经受了这些痛苦的砥砺,这些诚笃于人生追求而终不得志的文人才能取得诗歌语言艺术的辉煌成就。集中表现为如下几点:

(一)音韵和谐,具有音乐节奏感

首先,《古诗十九首》运用了大量叠字,将单调的语言表达变得更为丰满,使诗作在音韵和谐的节奏感中更好地抒发作者情感。作为叠字使用的典范,《古诗十九首》中所用叠字竟然达到十九组之多,比如"行行""青青""郁郁""盈盈""皎皎""娥娥""纤纤""磊磊""戚戚""历历""凛凛"以及"区区"等等。

通过这些叠字的运用,创作者不仅将荡子、思妇的仪态以及周遭环境的特点生动、形象地展现到读者眼前,还让读者对古诗中的景、人以及情产生更深层次的了解与领悟。如在《青青河畔草》中,"青青""郁郁""盈盈""皎皎""娥娥""纤纤"等叠字的运用将春景与深闺思妇的情态惟妙惟肖地呈现出来。正因为如此,顾炎武才在《日知录》中说道:"诗用叠字最难……古诗'青青河畔草,郁郁园中柳。盈盈楼上女,皎皎当窗牖。娥娥红粉妆,纤纤出素手'连用六组叠字,亦极自然,下此即无人可继。"

其次,由于受到《诗经》的影响,《古诗十九首》呈现出一种回环复沓的音乐之美。甚至从某种意义上来说,这种回环复沓的修辞手法贯穿着《古诗十九首》的始终,并成为其中极具魅力的组成部分。

在该手法的影响之下,《古诗十九首》将绘景叙事以及抒情等方面的气氛渲染得真切感人,可谓达到了炉火纯青的地步。比如,在《行行重行行》中,"与君生别离""相去万余里""道路阻且长"以及"相去日已远"等都是在反反复复地诉说一个"与君分别"的意思,只不过其中有些细微的区别而已:"相去万余里"从客观上说明男女双方在其所处地理位置上的遥远;"道路阻且长"表明自己对所思之人义无反顾地追寻。通过这种反复强调式的讲述,古诗的意蕴得以被深层次地揭示出来,从而具有了永恒的生命力。这正如朱自清在《诗的形式》中所说的那般:"外在的和内在复沓,比例尽管变化,却相依为用,相得益彰。要得到强烈的表现,复沓的形式是有力的帮手。"

(二)质朴自然,凝练的语言风格

由于作者从乐府民歌中汲取养料,《古诗十九首》往往有感而发,在语言风格上十分朴素自然、真切生动,绝无虚情与矫饰,更无着意的雕琢,因此,该诗具有浑然天成的艺术风格。比如《行行重行行》便通过首句五字连用四个"行"字与一"重"字,既将游子离家之久与离家之远含蓄地表达了出来,又以复沓的声调、迟缓的节奏以及疲惫的步伐营造出一种压抑感,使全诗都沉浸在一种痛苦伤感的氛围之中。通过饱含深情的殷切呼唤,全诗非常自然、流畅地转入抒情之中,使喷薄欲出的情感在抑扬有致的文字之间跌宕起伏,令人回味无穷。从情感表达上来看,《古诗十九首》的情感平淡真淳且温婉含蓄,没有矫揉造作与无病呻吟。比如,"采之欲遗谁,所思在远道"、"弃捐勿复道,努力加餐饭"以及"过时而不采,将随秋草衰"等。从艺术表现上来看,它的写境用语好像都是信手拈来,虽然没有错彩镂金式的加工,但是却如出水芙蓉"天然去雕饰"般出尘脱俗。

《古诗十九首》虽然语言浅显、通俗自然,但是其字词却又极为精练、准确、生动。在写景、叙事、抒情方面,它既无晦涩的言语,又不用冷僻的词句,而是用明白浅显的语言道出了人世间的至情至性,使读者能够在其鲜明的艺术特色中更加深入地了解和认识东汉末年的社会动荡与中下层文人的悲苦与愁闷。与此同时,《古诗十九首》遣词用语非常浅近明白,比如"所遇无故物,焉得不速老"、"不念携手好,弃我如遗迹",都十分直白地展露了主人公的情感,一唱三叹之间令人回味无穷,毕生难忘。理解过后,我们能够更加清晰地认识到《古诗十九首》的语言如山间甘泉,如千年陈酿,既清新又醇厚,既平淡又有韵味。

(三)情景交融,委婉含蓄与直抒胸臆

《古诗十九首》通过白描、比兴或象征等手法将写景与抒情完美地融合起来,实现二者的完美统一。比如,《明月皎夜光》中的"明月皎夜光,促织鸣东壁。玉衡指孟冬,众星何历历。白露沾野草,时节忽复易"便通过写秋夜景物抒凄清之情;《回车驾言迈》中的"四顾何茫茫,东风摇百草"则是将伤感之情寓于春天之景,至此,情与景得以完美融合。

在《古诗十九首》中,有的古诗在情感表达方面含蓄而婉转,有的古诗则大胆地直抒胸臆。然而,无论是哪一种,都有着一股震撼人心的力量,彰显着一种亘古流传的不朽生命力。比如,在《明月皎夜光》中,作者将诗人的哀伤、惆怅与失意于蟋蟀、秋蝉交鸣的秋夜之景中生动地呈现出来。而秋夜之中的这一切事物看似零落,却于时光的流逝之中,将每一丝响动传递到诗人的灵魂深处,同时也深化了诗歌的意境,丰富了作品的意蕴,引起读者丰富的联想,使作品富有张力。而在《生年不满百》中,诗人借助文字向世人传递了一种人生短暂,需及时行乐的思想。在这首诗中,"昼短苦夜长,何不秉烛游!为乐当及时,何能待来兹?"将人生易逝、去日不再的紧迫感开门见山地提出来。在情感表达方面不可谓不大胆,不可谓不直白。

总之,诞生于东汉末年的《古诗十九首》标志着文人五言诗已达到成熟阶段,它不仅以独特的语言艺术风格将朴素、自然的民歌语言与文人语言进行了高度的融合统一,还凭借着高超的语言表达艺术成为被众多文人所摹写和仿效的范本。所以,南朝文学评论家刘勰评价《古诗十九首》说:"观其结体散文,直而不野,婉转附物,怊怅切情,实五言之冠冕也。"

行行重行行

行行重行行①,与君生别离②。
相去万余里,各在天一涯③。
道路阻且长④,会面安可知⑤!
胡马依北风,越鸟巢南枝⑥。
相去日已远,衣带日已缓⑦。
浮云蔽白日⑧,游子不顾反⑨。
思君令人老⑩,岁月忽已晚⑪。
弃捐勿复道⑫,努力加餐饭⑬。

【题解】

这首诗一说是写思妇想念游子,一说是写忠臣因谗言见逐,不得于君,而寓意于生别离。不同的人有不同的看法,但是根据不同人的看法,可以确定的是今人喜欢第一种说法,而古人则比较赞同第二种说法。因君臣关系在今天已经是很遥远的存在,今人体会不到那种感受。古人对不得于君的心情却有切身体会。不同的理解有不同的韵味,这也是诗歌的魅力所在。

【注释】

①行:即走。张庚《古诗十九首集释》:"参吴氏首言行行,远也;复言重行行,久也。"张玉谷《古诗十九首赏析》:"重行行,言行之不止也。"

②生别离:源自《楚辞·九歌·少司命》:"乐莫乐兮新相知,悲莫悲兮生别离。"马茂元《古诗十九首探索》中说:"生别离,是古代流行的成语,犹言永别离。"即生离死别,此生再难相见。

③天一涯:"天一",多数学者认为是"一天"误倒。《广雅》:"涯,方也。"张庚《古诗十九首集释》:"见别离易而会面难,曰相去,曰各在。"
④阻:障碍。长:距离远。陈祚明曰:"阻则难行,长则难至,是二意,故曰且。"
⑤安:怎。知:一作"期",即知道。
⑥胡:原指北方的"狄",汉代指匈奴,这里代指北方。依:一作"嘶"。越:指今广东、福建等地,代指南方。巢:动词,筑巢。
⑦远:意思是分别的时间长。缓:指身形消瘦,衣服松垮的样子。这两句源于乐府歌:"离家日趋远,衣带日趋缓。"
⑧此句来自《古杨柳行》:"谗邪害公正,浮云蔽白日。"白日,指君王;浮云,指奸臣。古代君臣关系与夫妻关系在某些方面是相似的,所以君臣夫妻可以互比。
⑨反:同"返"。顾:念。不顾反:不挂念,不回家。
⑩老:承接上文"衣带日已缓",指精神、形体的憔悴失意。据孙鑛说,此句源自《诗经·小雅·小弁》:"维忧用老。"
⑪言时间飞逝之快。马茂元《古诗十九首探索》:"岁月,指眼前的时间;忽已晚,言流转之速。"
⑫弃、捐同义,有丢下、舍弃之意。勿复道:不必再说。
⑬加餐饭:是当时流行的对思念之人表达关切之情的话。

【译文】

不停地走啊走啊,我们两个离别的日子越来越长,我们之间的距离也越来越远。生离死别,只怕此生都不得再相见。君隔我万里之遥,我去君万里之远,各在一方,各为天涯。这条分别的路上阻碍那么多,路途那么长,我们还有再见彼此一面的可能吗?胡马依恋故土,所以觉得北风格外亲切;越鸟思念家乡,所以将巢筑在朝向南方的枝头上。胡马、越鸟尚且如此,在外漂泊的你,难道就不思念家乡吗?我与你分别的时间越来越长,纵然君不思念我,我却因为日夜思念你而憔悴不堪,日渐消瘦。你为什么不归家呢？是外面的世界太美好了吗？还是你已另结新欢？我日思夜想，神思恍惚，备受煎熬。眼前的时间怎么就流逝得那么快啊！唉，还是算了吧！我为你饱受相思之苦，你却不会因我的思念而归家，那我说来说去还有什么意思，不如就这样吧。但愿你在外可以衣食无忧，保重身体。这样我就放心了！

青青河畔草

青青河畔草，郁郁园中柳①。
盈盈楼上女②，皎皎当窗牖③。
娥娥红粉妆④，纤纤出素手⑤。
昔为倡家女⑥，今为荡子妇⑦。
荡子行不归，空床难独守。

【题解】

这首诗用第三人称写成，争议不多，大多数人都认为是思妇诗。不过张庚却认为："此诗，刺也。"借倡家女刺不循廉耻而营营之贱丈夫。这种说法因为与今天的价值观念有出入，所以接受的人不多，但是也有一定的道理。古人普遍喜欢借夫妻之事隐喻君臣关系。诗中的思妇形象较为不同，因为她出身倡家，行为举止在当时看来有些许放荡，所以暗含讽刺意味。但是历来评论家并没有将此诗看作淫词艳曲，是感其情感真切、朴实。

【注释】

①郁郁：草木茂盛的样子。
②盈盈：同"嬴"。《广雅·释诂》："嬴，容也。"指女子形容美好，仪态万千的样子。

③皎皎：马茂元《古诗十九首探索》："皎皎，本义是月光的白，这里用以形容在春光照耀下'当窗牖'的'楼上女'风采的明艳。"曹旭《古诗十九首与乐府诗选评》："皎皎：皮肤洁白貌。"牖(yǒu)：用木条横直制成，又名"交窗"，在屋上的叫做窗，在墙上的叫做牖，这里的"窗牖"泛指现在安在墙上的窗子。《文选》李善注："草生河畔，柳茂园中，以喻美人当窗牖也。"

④娥娥：形容女子姿容娇艳美好。《方言》曰："秦晋之间，美貌谓之娥。"红粉妆：女子的妆容艳丽。

⑤纤纤(xiān)：形容手指细长。素：白，指手的肤色。

⑥倡：以歌唱为职业的艺人。《说文解字》："倡，乐也。"倡家：后世所谓乐籍。荡子：《列子》曰："有人去乡土游于四方而不归者，世谓之狂荡之人也。"马茂元《古诗十九首探索》："荡子，与'游子'意近而有别。和后世所谓不事生产，没有正当职业的败家荡子用意不同。"

【译文】

河畔的绿草青葱正茂，园中的杨柳生意盎然。那是谁家的女眷，真漂亮啊！只见她姿态万千，莲步款移，登上了楼台，依靠在窗前，向外望去。明媚的日光照耀在她身上更显得她风采明媚。这位美丽的女子妆容娇艳，将那双洁白细长的手伸出了窗外。她曾经是个歌伎，后来嫁与人为妻，丈夫却常年在外漂泊游荡。丈夫不归家，留她一人独守空房，怎么可能不寂寞啊？春景触发春情，这样的日子对她来说格外难熬。

青青陵上柏

青青陵上柏①，磊磊涧中石②。
人生天地间，忽如远行客③。
斗酒相娱乐④，聊厚不为薄⑤。

驱车策驽马⑥,游戏宛与洛⑦。
洛中何郁郁⑧,冠带自相索⑨。
长衢罗夹巷⑩,王侯多第宅⑪。
两宫遥相望⑫,双阙百余尺⑬。
极宴娱心意⑭,戚戚何所迫⑮!

【题解】

这是一首失意之人借其游戏宛、洛之间时所见借景抒发个人不平之感和对现状的不满。姚鼐认为是"忧乱之诗",所谓"刺贪竞不知止也"。诗中多处具有对比意味,以松石的永恒与生命的短暂对比,"斗酒""驽马"的贫寒处境与"极宴娱心意"的奢华生活对比,落拓失意之情尽显。

【注释】

①青青:形容柏树四季常青的样子。陵:《说文解字》:"陵,大阜也。"即大的土山。

②磊磊:《字林》:"磊磊,众石也。"形容石块堆积起来的样子。磵:通"涧",《说文解字》:"涧,山夹水也。"即山间的溪流。张庚《古诗十九首解》:"陵上柏,磵中石,物之可久者。反兴人生之不久。"马茂元《古诗十九首探索》:"前者就颜色言之,后者就形体言之,都是永恒不变的。用以兴起生命短暂,人不如物的感慨。"

③忽:倏忽。远行客:列子:"死人为归人,则生人为行人矣。"张庚《古诗十九首解》:"言倏忽如远行之人不久即归也。"比喻人生短暂。

④斗酒:相互比酒量。相娱乐:马茂元《古诗十九首探索》:"是指一群失意的人聚会在一起,借酒浇愁,乐以忘忧的意思。"

⑤聊:姑且。郑玄毛诗笺:"聊,粗略之词也。"厚、薄:相对形容酒的量。

⑥策:古代的一种马鞭子,头上有尖刺。这里用作动词,用策驱使马前进。驽马:劣马,迟钝的马。

12

⑦宛:宛县,东汉南阳郡的郡治,有南都之称。洛:东汉都会洛阳,称东都。宛、洛在当时都是繁华之地。

⑧郁郁:形容洛阳繁华之貌。

⑨冠带:方廷珪:"冠带,富贵之人。富贵人与富贵人为偶。"索:求。自相索,言富贵人只与富贵人相交,不理会身份低微的人。

⑩衢:四达之道。长衢:通衢,大街。罗:排列。夹巷:夹在长衢两旁的小巷。

⑪第宅:《汉书·高帝纪》:"为列侯者赐大第。"因为等级差异,皇帝赐予的房屋有甲乙次第,所以称这些房屋为第。

⑫两宫:洛阳城内的南北两宫。蔡质《汉官典职》:"南宫北宫,相去七里。"

⑬阙:宫门前的望楼,又叫作观。

⑭极宴:奢侈的宴会。这一句描写王侯们穷奢极欲地尽情享乐。

⑮戚戚:忧愁貌,一作"蹙蹙"。迫:逼迫。

【译文】

土山上的柏树郁郁苍苍,四季常青。山涧里的石头堆积在一起,看着是那么的坚实厚重。人同样生长于这天地之间,却不能像松石一样长久,倏忽之间如同远行之人即将走向归路。人生何其短暂啊!让我们用这一点酒互相来寻找欢乐,排解忧愁,姑且以少当多吧!驾驶着劣马拉动的车子,前往东都、南都那样的繁华胜地游玩嬉戏。洛阳城里一片富贵景象,那些达官贵人自相来往,却不与外界(像我们这样的贫寒之士)相交。大街的两旁,罗列着小巷子,巷子里有许多王侯的第宅。洛阳城内南北两宫遥遥相对,宫门前的望楼有百余尺高,赫赫威风。那些达官贵人穷奢极欲地尽情享乐。看到他们,不知为何忧思不断,内心像是被什么所压迫一样紧缩在一起,不得安宁。

今日良宴会

今日良宴会^①,欢乐难具陈^②。
弹筝奋逸响^③,新声妙入神^④。
令德唱高言^⑤,识曲听其真^⑥。
齐心同所愿,含义具未申^⑦。
人生寄一世^⑧,奄忽若飙尘^⑨。
何不策高足^⑩,先据要路津^⑪。
无为守穷贱^⑫,轗轲长苦辛^⑬。

【题解】

这首诗写穷贱之士在宴会上对酒闻曲后抒发人生失意、怀才不遇的愤懑不平之情。张庚《古诗十九首解》中说此诗"因宴会而相感于出处"。李因笃《汉诗音注》说此诗"与《青青陵上柏》篇感寄略同,而厥怀弥愤"。人生在世,飘忽不定,谁不想成就一番事业,名利双收?固然不能总怀着一颗争名夺利的心,但是这种愿望和理想确实是怎么也掩盖不住的,也是作者最自然的真情流露。

【注释】

①良:毛苌《诗传》:"良,善也。"这里形容宴会的热闹。

②具:完全。《广韵》:"具,备也。"陈:陈述。马茂元《古诗十九首探索》:"陈,本以为列。引申之,凡是把内心所想说的话一样样地说出来叫做陈。"

③筝:朱骏声《说文通训定声》:"古筝五弦,施于竹,如筑。改为十二弦,变形如瑟,易竹以木。唐以后加十三弦。"奋:发出。逸响:不同凡俗的声响。

④新声:流行曲调。马茂元《古诗十九首探索》:"可能是从西北邻族传来的胡乐。"

⑤令德:有美好德行的人,作歌曲者。张庚《古诗十九首解》:"古人宴会必作乐,乐必有曲,曲必本乎德。"唱:古作"倡",发歌,这里有言谈的意思。高言:指用新声谱的歌曲内容,即诗歌后六句。

⑥张庚《古诗十九首解》:"识曲,识其令德高言之尽美。听其真,听其令德高言之尽善也。"识曲:这里应指知音的人。

⑦李善注:"所愿谓富贵也。"这一句写听了乐曲后众人心中有所感慨,但是都没有说出来。

⑧寄:《说文解字》:"寄,托也。"这里有寄托存在的意思。

⑨奄忽:急遽。飚:《说文解字》:"飚,扶摇风也。"飚尘即狂风里被卷起来的尘土。马茂元《古诗十九首探索》:"用飚尘比喻人生,涵有双重意义:飙风旋起旋止,言其短促;被飙风卷起来的尘土,旋聚旋散,言其空虚。"

⑩策:鞭策。高足:李善注:"高,上也;亦谓逸足也。"指快马。

⑪路:路口。津:渡口。要路津:指政治上的重要位置。

⑫无:通"毋"。为:语气助词,无实意。

⑬轗轲:同"坎坷",刘履《古诗十九首旨意》:"轗轲,车行不利也,故人不得志亦谓之轗轲。"

【译文】

今日我与好友们一起聚会饮酒,宴会上一片热闹景象,我感到十分快乐,但我实在是难以把这些都一一记录下来。不同凡俗的音乐从弹奏的乐器上演奏出来,耳边的流行曲调精妙绝伦,出神入化。有着美好品德的作歌曲者,和着新声歌唱。宴会上,知音的人都认真听着曲中的内容。我们知道彼此齐心同愿,但是都只是静静地听着歌曲,谁也没有把心中的所思所感借此抒发。人这一生只有不到一百年的光景,飘忽不定,如同被狂风卷起的尘土,短暂而又空虚。为什么不快马加鞭,在这动

15

荡不安的环境里,抢先占据有利位置,掌握主动权呢?千万不要守着穷贱的生活,坎坷一辈子,辛苦一辈子啊!

西北有高楼

西北有高楼,上与浮云齐①。
交疏结绮窗②,阿阁三重阶③。
上有弦歌声④,音响一何悲!
谁能为此曲?无乃杞梁妻⑤。
清商随风发⑥,中曲正徘徊⑦。
一弹再三叹,慷慨有余哀⑧。
不惜歌者苦⑨,但伤知音稀⑩。
愿为双鸿鹄,奋翅起高飞⑪。

【题解】

这是一首因歌声而感时伤怀的诗,抒发的是知音难遇,空怀抱负却不能实现的苦闷不平之情。张庚认为此诗是"抱道而伤莫我知者之诗"。马茂元认为"这首诗进一步写出黑暗时代所带给一切被压抑者的苦闷与悲哀,以及他们不甘于现实的想法。所反映的社会精神面貌,较《今日良宴会》更为深广"。《西北有高楼》《今日良宴会》《青青陵上柏》这三首诗意趣相同,但是描写的内容却不同,抒发情感的深度和广度也不同,各有所长。需要仔细把玩体味。

【注释】

①上:指西北高楼的顶端。
②交疏:窗格子上的木条横直交错的样子。结:张挂。绮:《说文解字》:"绮,文缯也。"即有花纹的丝织品。隋树森《古诗十九首集释》:"即

谓缕木为窗,木条交错似绮文也。或作文绘结于窗棂之上解。"

③阿阁:阁有四阿,叫做阿阁,即四面都有檐的楼阁。是古代最考究的宫殿式建筑。三重阶:三层台阶,楼在台上。

④弦歌:弹唱。马茂元《古诗十九首探索》:"弦歌,指有琴、瑟、琵琶一类乐器伴奏的歌曲。……弦,在这里代表乐器。"

⑤无乃:大概是,表揣测语气。杞梁妻:春秋齐大夫杞梁之妻,或云即为孟姜之原型。《琴操》:"殖死,妻叹曰,上则无父,中则无夫,下则无子,将何以立吾节,亦死而已!援琴而鼓之,曲终遂自投淄水而死。"

⑥清商:古乐曲种类。清婉悠扬,适宜于表现忧愁幽思的哀怨情调。发:传播,指声音随风飘扬。

⑦中曲:曹旭《古诗十九首与乐府诗评选》:"中曲,乐曲的中段。"马茂元《古诗十九首探索》:"'中曲'是'曲中'的倒文,指奏曲的当中。"徘徊:这里指乐曲的回环复。即下文"一弹再三叹"。

⑧慷慨:《说文解字》:"慷慨,壮士不得志于心也。"余哀:马茂元《古诗十九首探索》:"余哀,指作者悲哀的意绪,对别人的感染,不随乐曲的终止而终止。"

⑨惜:痛惜。苦:马茂元《古诗十九首探索》:"苦,指曲调的哀怨缠绵。"

⑩此句借用俞伯牙和钟子期的典故。《列子》:"伯牙善鼓琴,钟子期善听。伯牙鼓琴,志在高山,钟子期曰:'善哉!峨峨兮若泰山。'志在流水,钟子期曰:'善哉!洋洋兮若江河。'伯牙每有所念,钟子期必得之。"

⑪鸿鹄:一类善飞的大鸟。有些版本中作"鸣鹤"。经历代学者考证,"鸿鹄"更为恰当,有下文"高飞"为证。刘邦《鸿鹄歌》:"鸿鹄高飞,一举千里。"《史记·陈涉世家》:"燕雀安知鸿鹄之志哉?"都说到"鸿鹄",取高飞之意。

【译文】

西北方有一座高楼,它的顶端与天上的浮云一般高。这座楼阁装饰华丽,样式考究,窗格子上面的木条横直交错,张挂着绮制的帘幕。四面高檐的楼阁坐落在三重台阶上。楼阁上不时地传出弹唱的声音,乐声是那么的凄凉悲痛!谁能谱出这样哀婉的歌曲啊?我猜想恐怕只有齐人杞梁的妻子了!清商的曲调随风飘扬,奏曲时只听见乐声不断重复,回环往已。每弹一曲都忍不住连连叹息,不得志于心的那种悲哀的情绪,多么的富有感染力,让人听了就忘不了。我并不为歌者曲调的哀怨缠绵而痛惜,只是感伤于能听懂这歌曲里的情意的人太少了。我多么愿意和歌者像鸿鹄一样奋起翅膀双双高飞,成就一番事业啊!

涉江采芙蓉

涉江采芙蓉[①],兰泽多芳草[②]。
采之欲遗谁?所思在远道[③]。
还顾望旧乡[④],长路漫浩浩[⑤]。
同心而离居,忧伤以终老[⑥]。

【题解】

这首诗写一位在外漂泊的游子思念家乡和妻子,但是欲归不得的愁苦哀怨。张庚则认为此诗还是"臣不得于君之诗",有些牵强附会。此诗以最简单的笔墨,一字一泪,表达出了最动人的感情。因为种种原因游子想归家而不得归,向往的白头到老的夫妻生活也不能实现。然而越是处在这样阻碍重重的困苦环境中,内心对美好生活、对理想的渴望就越是强烈。

【注释】

①芙蓉:荷花的别称,亦作"夫容",又名"芙蕖"和"菡萏"。《诗经》:"山有扶苏,隰有荷华。"郑玄笺:"(荷华)未开曰菡萏,已开曰

芙蕖。"

②兰泽:陈藏器《本草拾遗》:"兰生泽畔。"兰花多长于沼泽地旁,故称"兰泽"。芳草:一说兰就是芳草,一说两者不同。《楚辞·离骚》:"兰芷变而不芳兮,荃蕙化而为茅。何昔之芳草兮,今直为此萧艾也。"以芳草称兰。《楚辞·招魂》:"皋兰被径兮斯路渐。"此句王逸作注时说:"言泽中香草茂盛,覆被径路。"原文中的兰,注文又称为芳草。所以马茂元《古诗十九首探索》认为"'兰'与'芳草'在用法上是二而一的东西。这是因为兰在许多芳草中最为突出的缘故。"

③遗(wèi):赠送。所思:《楚辞·九歌·山鬼》:"被石兰兮带杜衡,折芳馨兮遗所思。"所思就是指所思念的人。

④顾:回首。

⑤漫浩浩:形容路途遥远、无边无际之状。隋树森《古诗十九首集释》:"漫漫,路长貌。浩浩,无穷尽也。"

⑥同心:多是就男女之间的爱情而言。马茂元《古诗十九首探索》:"这里的'同心',与'离居'为对称词。'同心'言情爱之深,'离居'谓相思之切。"

【译文】

涉过江水去采芙蓉花,又在兰泽中摘了很多兰草。我采这么多美丽的花朵能够送给谁呢?我所思念的人与我相隔有万里之远。回首远望故乡,路途漫长遥远,根本望不到边际。我与我的妻子互相思念,彼此牵挂,二人却各在一方不能团聚,还要为此哀伤痛苦一辈子!

明月皎夜光

明月皎夜光①,促织鸣东壁②。
玉衡指孟冬③,众星何历历④。

白露沾野草,时节忽复易⑤。
秋蝉鸣树间,玄鸟逝安适⑥。
昔我同门友⑦,高举振六翮⑧。
不念携手好,弃我如遗迹⑨。
南箕北有斗⑩,牵牛不负轭⑪。
良无磐石固⑫,虚名复何益!

【题解】

这首诗是秋夜感怀之作。由夜晚凄凉的秋景,想到朋友之间虚假的情谊,不禁产生惆怅失意的情绪。语言直白动人,抒发的情感悲凉忧郁。昔日的好朋友如今都做了高官,而自己却一事无成。人们都说"糟糠之妻不下堂,贫贱之交不能忘"。令人可悲的是,这些同门友却一点也记不得当时的情谊,像作者这样的贫贱之交,早就被他们遗弃在身后。

【注释】

①皎:《说文解字》:"皎,月之白也。"形容月光的洁白。这里用作动词,指月亮的光芒照亮了黑夜。

②促织:"促"字古作"趣",所以"促织"又称"趣织",蟋蟀的别名。《春秋考异邮》:"立秋趣织鸣。"宋均:"立秋女工急,故趣织。"蟋蟀的鸣声告诉人们秋天就要到了,要赶紧准备秋冬御寒的衣服,所以就把这种虫叫做促织。鸣东壁:《诗经·豳风·七月》:"七月在野,八月在宇,九月在庐,十月蟋蟀入我床下。"天气逐渐转凉,虫子喜欢温暖的地方,东壁向阳,所以促织就寄居在东壁,发出声响。

③玉衡:北斗七星中的第五星。孟冬:天上的方位,古人根据北斗七星所指方位的变化确定季节月份。各朝各代历法都有变化,这里的孟冬在汉代是指初秋七月。

④历历:形容天上的星星一个个清晰分明的样子。

⑤白露:《礼记》称"孟秋之月"有"白露降""寒蝉鸣","仲秋之月"

则"大雁来""玄鸟归"。这一句和下一句诗都是在描写带有季节特征的秋天的景物。易:变化。

⑥玄鸟:就是燕子。《诗经·商颂·玄鸟》:"天命玄鸟,降而生商。"逝:飞往。安适:将去往何处。安,哪里。适,去。

⑦同门友:同在师门受学的朋友。郑玄《周礼注》:"同门曰朋,同志曰友。"

⑧六翮:鸟类双翅中的正羽,代指鸟的翅膀。翮:羽茎,羽毛上的翎管。举:飞。振:奋翅的意思。

⑨携手好:共患难的情谊。《诗经·邶风·北风》:"北风其凉,雨雪其雱。惠而好我,携手同行。"遗迹:走路时身后留下的脚印。《国语·楚语下》:"(楚)灵王不顾其民,一国弃之,如遗迹焉。"

⑩《诗经·小雅·大东》:"维南有箕,不可以簸扬;维北有斗,不可以挹酒浆。"箕、斗都是天上的星宿名。夏秋之间,箕在南而斗在北。箕宿四星构成梯形,状如簸箕,但是不能用来扬米去糠;北斗星形状像酒器,然而并不能用来盛酒。

⑪《诗经·小雅·大东》:"睆彼牵牛,不以服箱。"牵牛也是天上的星宿。"服箱"与"负轭"意思相同,都是拉车。牵牛虽然有牛的名字,却不能当牛用。

⑫良:确实。磐:大石。

【译文】

洁白的月光照亮黑夜,这时节能听到蟋蟀在东墙下鸣叫。北斗七星中第五星玉衡指的方位告诉人们现在已经是初秋了,夜晚天上的星星一个个清晰分明。看到野草沾到了露水,我这才意识到季节连同时光变化的是那么匆匆。蝉在初秋还能在树上嘶叫,燕子这个时候又要去往何处?昔日里与我交好的在同门受学的朋友们,如今已经像高高飞起的鸟一样,有了很高的地位和成就。他们忘记了曾经一起共患难的情谊,对于他们来说我就像是走路时留在身后的脚印,早就被遗弃了。天上南边有箕宿北边有斗宿,却不能把它们当作簸箕和酒器用,牵牛星也空有牛的名字,也不能当牛使用。我们之间的同门情谊确实没有磐石那样坚固,空有虚名,又有什么用啊?

冉冉孤生竹

冉冉孤生竹①,结根泰山阿②。
与君为新婚,菟丝附女萝③。
菟丝生有时④,夫妇会有宜⑤。
千里远结婚,悠悠隔山陂⑥。
思君令人老,轩车来何迟⑦!
伤彼蕙兰花,含英扬光辉⑧。
过时而不采,将随秋草萎。
君亮执高节⑨,贱妾亦何为⑩!

【题解】

当代大多数学者认为这首诗是怨迟婚、伤迟婚之作。也有认为是感伤新婚别离之作。古时学者又认为该诗的主题是"急欲为世用而不欲轻为世用"(朱筠);"贤者不见用于世,而托女子之嫁之不及时也"(张庚);"此望禄于君之辞,不敢有决绝怨恨语,用意忠厚"(陈祚明)。怨迟婚、伤迟婚的主题更贴合诗意。与《行行重行行》篇相似,主人公的形象性格都如出一辙。但是内容、修辞上的不同使这两首诗各自在诗坛上闪耀。

【注释】

①冉冉:《说文解字》:"冉,毛冉冉也。"段玉裁注:"冉冉者柔弱下垂之貌。姌取弱意,凡言冉言姌,皆谓弱。"这里形容竹子柔嫩下垂的样子。

孤:独,孤零零。一说"孤生竹"是野生竹。

②泰山:王念孙:"泰山当为大山。""泰"同"太",有"大"的意思。阿(ē):《楚辞》:"若有人兮山之阿。"王逸注:"阿,曲隅也。"各家有不同的解释,有说角落,有说山坳,有说是大山里的偏僻处,句意皆通。这两句诗托物起兴,又用譬喻。余冠英《六朝诗选》认为这两句诗意在:"自己本无兄弟姐妹,有如孤生之竹。未嫁时依靠父母,有如孤竹托根于泰山。"马茂元《古诗十九首探索》:"上句说自己未嫁前身世的孤苦,下句说希望嫁一个终身可以依靠的丈夫。"都说得通。

③菟丝:旋花科蔓生植物,攀附于其他植物上生长。女萝:《诗经》毛苌注和《尔雅》皆认为菟丝和女萝为一种植物,《本草纲目》认为是两种。女萝是一种地衣类松萝科蔓生植物,攀援松树而生长,不能为其他植物所攀附。这一句是在说男女双方订下了婚约。

④时:时节,就是说菟丝会茂盛但是也会枯萎,不同时节有不同的状态。

⑤会:相聚,相会。指夫妇成亲后共同生活。宜:李斯《仓颉篇》:"宜,得其所也。"根据上句看,这里的"宜"应该指适宜的时间,即成亲的吉日。

⑥悠悠:形容距离遥远。山陂(bēi):山坡。

⑦老:与《行行重行行》篇意义相同,因为忧思过虑导致精神、形体看起来憔悴失意。轩车:古代大夫以上乘"轩车",有屏障遮挡。马茂元认为"轩车"是虚指,是这位女子想象丈夫外出寻求功名富贵后衣锦还乡,盼望丈夫早日归来。一说"轩车"指迎亲的队伍。

⑧蕙兰:罗愿《尔雅翼》:"一干一花而香有余者兰,一干数花而香不足者蕙。"英:《尔雅》:"荣而不实者谓之英。"含英指花朵含苞待放,即将盛开。这句都是这位女子自比。

⑨亮:《尔雅》:"亮,信也"。有说是诚信,有说"亮"同"谅",料想。作诚信解,意思是相信夫君会诚信地坚守两人之间的爱情,那么贱妾我又何必如此伤感呢?"亦何为"在这里有反诘语气。作料想解,意思是

我料想你会像我一样对我们的爱情忠贞不移,所以我就耐心地等待着你吧!两种说法都能说通。执高节:对爱情的忠贞不移。

【译文】

我就像是在大山某处独自扎根生长的一棵竹子,柔弱低垂无依无靠,好不可怜。有幸和你定下婚约,就像是菟丝依靠缠绕着女萝一样,我这一生也将和你相依为命。菟丝生长繁荣有一定的时间,我们两个成亲也应该挑个好日子,不要错过吉时。千里相会结亲,路途遥远,中间又隔着那么多山坡。我等待着,期盼着,然而你却还没有来。每日忧思成疾,形体精神也日渐憔悴。不禁感伤于那含苞待放熠熠生辉的蕙兰花,如果错过时间没有被人采摘的话,就将随着秋草一起枯萎。我相信你会对我们之间的爱情忠贞不移,所以我就耐心地等着你,等着你来接我,等着我们成为夫妻的那一天。

庭中有奇树

庭中有奇树①,绿叶发华滋②。
攀条折其荣③,将以遗所思④。
馨香盈怀袖,路远莫致之⑤。
此物何足贵?但感别经时⑥。

【题解】

这首诗与《涉江采芙蓉》篇内容大致相似,都是写折芳草寄人,但是诗中的主角给人的联想则不同。《涉江采芙蓉》可以确定是游子思念远在千里之外家中的妻子,而此诗一说是思妇忆远,一说是游子思念故乡人。同样的题材,不同的写作手法会给人不同的感受,表达的感情也会变得丰富多彩。

【注释】

①中:据隋树森《古诗十九首集释》:"中,五臣(《五臣注文选》)及玉台新咏均作'前'。"奇树:贵重美好的树木。蔡质《汉官典职》:"宫中种嘉木奇树。"马茂元《古诗十九首探索》:"叠用'嘉木''奇树'为了加强语气,指宫中所种的都是贵重的树木。"

②华:《说文解字》:"华,荣也。"有两种解释,一说"华"同"花","滋"意为繁盛,"华滋"形容树枝上茂盛的花朵。一说"华""滋"连用以形容树木枝叶繁茂。

③荣:花朵。马茂元认为此诗中"华""荣"义同,其《古诗十九首探索》里写道:"木本植物开的叫做'华',草本植物开的叫做'荣'。但也可通用。《礼记·月令》有'鞠有黄华'和'木槿荣'的话,可见'华'不一定限于木本,而'荣'也不限于草本。"

④与《涉江采芙蓉》篇中"采之欲遗谁,所思在远道"意义相同。

⑤盈:满。这一句应从《左传》《诗经》中化用。朱自清《古诗十九首释》:"《左传》声伯梦歌:'归乎,归乎!琼瑰盈吾怀乎!'《诗经·卫风》:'籊籊竹竿,以钓于淇。岂不尔思?远莫致之。'本诗引用'盈怀''远莫致之'两个成辞,也许还联想到各自原辞的上一句:'馨香'句可能暗示着'归乎,归乎'的愿望,'路远'句更是暗示着'岂不尔思'的情味。"

⑥贵:一作"贡",献的意思。别经时:离别的时间很长。

【译文】

庭院中有一棵树木,堪称是"奇木""嘉树"。它的枝叶那么的繁茂,暗含生机勃勃。看到这棵树,我就想到了离我万里之遥的你,于是我就爬树摘下上面的花朵想要送给你。这朵花芳香四溢,香气更是浸满了我的衣袖怀中。然而,你我相隔如此之远,怎么可能真正地送给你啊?这朵花并不是很珍贵,只是因为我们分别的日子实在是太长,我想借花传达我的思念之情罢了。

迢迢牵牛星

迢迢牵牛星,皎皎河汉女①。
纤纤擢素手②,札札弄机杼③。
终日不成章④,泣涕零如雨⑤。
河汉清且浅,相去复几许⑥?
盈盈一水间⑦,脉脉不得语⑧。

【题解】

这首诗借牛郎织女美丽动人的传说写人间别离之苦,相爱却不能相亲近,让人更感哀伤凄凉。一说"篇中以牵牛喻君,以织女喻臣",可作参考。诗中的织女成为后世典型的思妇形象,因为与相爱之人分离,所以终日织布却不能成章。感情非常细腻动人,那么多情、那么多爱缠绵在一起却说不出口。彼此默默承受,怎能不痛苦?怎能不哀伤?

【注释】

①迢迢:一作"苕苕"。形容牵牛星距离遥远。牵牛星:河鼓三星之一,在银河南面。河汉:银河。女:织女星,在银河北面,与牵牛星隔银河相望。

②擢(zhuó):举起,摆动。一作"伸出"解,这一句描绘之女织云锦的形态,"伸出"这一动作不太符合文意。素手:洁白的手指。

③札札:使用机杼时发出的声响。马茂元《古诗十九首探索》:"'机',织机上转轴的机件。'杼',织机上持纬的机件。因为'机'和'杼'是古代织机上主要的机件,所以'机杼'就成为织机的总称。"

④章:丝织品成品上的经纬文理,即花纹花样。此句化用《诗经·小雅·大东》:"跂彼织女,终日七襄。虽则七襄,不成报章。"诗经中的意

思是天上的织女星空有其名,她在天上只会一直向西,不能像人一样一来一去、一往一复地用梭织布,既然织女不能来去往复,自然也就织不成形。诗句原意只就织女星的形象来说,并没有添加丰富的人物情感和心理。

⑤泣涕:哭泣,眼泪。《诗经·邶风·燕燕》:"瞻望弗及,泣涕如雨。"零:落下。

⑥复:又。几许:几何,形容距离近。周密《癸辛杂识》:"以星历考之,牵牛去织女,隔银河七十二度。"

⑦盈盈:与"河汉清且浅"意思相同,形容银河水清浅。

⑧脉脉(mò):彼此相望。

【译文】

牵牛星远在天上,与明亮皎洁的织女星一南一北,隔银河相望。织女那洁白细长的手指轻轻摆弄织机,发出吱吱的声响。但是却一匹云锦也织不出来,整日里坐在织机前哭泣流泪,脸上如同雨水打湿了一样。虽然银河水清澈浅近,织女和牛郎之间相隔的距离并不算遥远。但是他们却不能生活在一起。两人各在银河一端,尽管情意早已在心中满溢,却只能彼此相望,难诉衷肠。

回车驾言迈

回车驾言迈①,悠悠涉长道②。
四顾何茫茫③,东风摇百草。
所遇无故物④,焉得不速老?
盛衰各有时,立身苦不早⑤。
人生非金石⑥,岂能长寿考⑦?
奄忽随物化⑧,荣名以为宝⑨。

【题解】

　　这首诗主旨在于自警自励,由时节盛衰从而感叹人生短暂无常,发出要早立身的呼吁,表达对荣名的渴望。劝导世人却又不让人感到枯燥,得益于开篇借物起兴的修辞。也有说此诗"不得志于时,而思立名于后也"(张庚)。作者从远方归来,看着四周的景物并结合自己以往的经验,认识到人只有得到了荣名才不枉来这世间走一遭,追求和渴望表达得非常自然到位。

【注释】

　　①回车:调转车驾。言:语中助词,无实意。迈:远行。
　　②涉:跋涉。
　　③四顾:环顾四周。何:多么。茫茫:广阔而无边无际的样子。这里既用来形容下文"东风摇百草"景象,也是承接上文"悠悠涉长道"抒发了空虚无所着落的心情。
　　④故物:旧物。根据诗歌上下文,这里的"故物"应该指过去的枯草。春风滋育新生的草,以前的枯草当然不见踪影,成了"旧物"。
　　⑤立身:成就一番事业。苦:患于。不早:不及时。
　　⑥非金石:没有金石一般的坚固长久。
　　⑦长寿考:很长的寿命,长生不死。
　　⑧奄忽:急遽,急速地。随物化:随客观事物的变化而变化,是死亡的隐晦说法。
　　⑨荣名:荣誉和声名。宝:宝贵。

【译文】

　　调转车驾向远方行驶,跋涉在漫长遥远的路途上。我环顾广阔而又无边无际的四周,只看见东风吹过,青草被轻轻摇动着。春风滋育了新生的绿草,一路上再也不见去年经过时枯草的痕迹。想到这些,怎么能不感慨时光的无情飞逝呢?万物繁盛衰落都有一定的时节,我们却苦于

28

不能早早地立身于社会。人又不像金子和石头那样坚固耐久,不可能长命百岁永远地活下去。人生短促,躯体很快就会化为尘土,只有荣誉和声名对人来说最为宝贵啊!

东城高且长

东城高且长①,逶迤自相属②。
回风动地起③,秋草萋已绿④。
四时更变化⑤,岁暮一何速⑥!
晨风怀苦心⑦,蟋蟀伤局促⑧。
荡涤放情志⑨,何为自结束⑩。
燕赵多佳人⑪,美者颜如玉⑫。
被服罗裳衣⑬,当户理清曲⑭。
音响一何悲,弦急知柱促⑮。
驰情整中带⑯,沉吟聊踯躅⑰。
思为双飞燕,衔泥巢君屋⑱。

【题解】

　　这首诗写行客于东城远眺,触景生情,感伤于年华易逝、人生苦短,从而提出要及时行乐,放情恣意地对待人生的看法。此诗是十九首中最长的两首之一,后世有人将"燕赵多佳人"以下十句分出,另成一首。诗人认识到在这个动荡不堪的社会里,无法实现自己的抱负、施展自己的才华,所以他转而追求男女之间美好的爱情。想要在乱世里得一温柔乡,有如花美眷陪伴,聊以慰藉自己寂寥的心灵。

【注释】

　　①东城:东面的城墙。一说即洛阳的东城。

②逶迤:形容城墙曲折而绵长的样子。属:《说文解字》:"属,连也。"即连接。

③回风:旋风。马茂元《古诗十九首探索》:"回风,空旷地方自下而上吹起来的旋风。"动地起:形容风力强劲。

④萋已绿:一说"萋"是草繁盛的样子。一说"萋"通"凄","萋已绿"就是"绿已萋",指草凋零的样子。

⑤四时:四季。更:交替,更迭。

⑥岁暮:秋冬季节。

⑦晨风:鸟名,就是鹯(zhān)。这一句化用《诗经·秦风·晨风》:"鴥彼晨风,郁彼北林。未见君子,忧心钦钦。"

⑧蟋蟀:《诗经·唐风·蟋蟀》:"蟋蟀在堂,岁聿其莫。今我不乐,日月其除。"又傅毅《舞赋》:"嘉关雎之不淫兮,哀蟋蟀之局促。"局促:短暂,匆促。

⑨涤荡:洗涤,指扫除所有忧虑。放情志:放开胸怀,抒发感情和意志。

⑩何为:为什么,何必。结束:约束。

⑪燕赵:战国时代的两个国家名。在今河北、山西一带。佳人:美人。

⑫颜:容色。如玉:像玉一样温润洁白。

⑬被服:都用作动词,意思都是穿着。裳衣:即"衣裳",在上称为"衣",在下称为"裳"。

⑭理:练习。清曲:清商曲。包含"清调曲""平调曲""瑟调曲"三类,是当时的流行音乐。

⑮弦急知柱促:马茂元《古诗十九首探索》:"'清调曲'的伴奏乐器有八种,瑟是其中之一。瑟上有弦,所以发声,弦安在柱上。一弦一柱,紧紧关联,'弦急''柱'必然就'促';'急''促'同意,'弦急'和'柱促'是一个现象的两面,都是表明弹者情感的激动。"

⑯驰情:遐想,神往。中带:即中衣带,古代妇女的内衣带。

⑰沉吟:沉思吟咏。踯躅:犹豫不前的样子。

⑱君:唱歌的人。

【译文】

　　东面的城墙又高又长,连绵曲折地互相连接在一起。地面上吹起一阵强劲的风,秋草由绿变黄开始凋零。四季更迭变化,春夏刚走,秋冬就迅速地来了。晨风鸟怀着忧愁苦闷的心情,蟋蟀也感伤于时光的短促。我们可不能像晨风和蟋蟀那样啊!应当扫除所有忧虑,放开胸怀,畅快抒发自己的感情和意志。为什么要自己约束自己呢?燕赵那一带有很多美女,她们美丽的容颜像玉一样温润美好。穿着绫罗制成的衣服,对着门户练习演奏清商曲。发出的音响是那么的悲哀沉重,听那急促的弦声就知道弦柱也调得很紧了。佳人带着向往的神情整理衣带,沉思吟咏、犹豫不前。我多么想和她如同双宿双飞的燕子一样啊!衔着泥巴筑造属于我们两个人的幸福温暖的家。

驱车上东门

驱车上东门①,遥望郭北墓②。
白杨何萧萧③,松柏夹广路④。
下有陈死人⑤,杳杳即长暮⑥。
潜寐黄泉下⑦,千载永不寤⑧。
浩浩阴阳移⑨,年命如朝露⑩。
人生忽如寄⑪,寿无金石固。
万岁更相送⑫,圣贤莫能度⑬。
服食求神仙⑭,多为药所误。
不如饮美酒,被服纨与素⑮。

【题解】

　　这首诗写游子在东门远望,看到那一片坟山时,在白杨发出萧萧的声音里抒发有关生命的感慨。人生无常,不要服食所谓的不死方丹、追求长生之术,这些都是虚无缥缈的。世人应该做的是尽情享乐,饮美酒、穿好衣吃好食,追求现世的生活享受。作者就生死问题、神仙问题等哲学命题发出议论,劝导世人。当时黑暗动荡的社会,知识分子空怀抱负撞得头破血流,发现还不如消极避世自在。诗中虽作豪放之语,也是对无可奈何的现实的牢骚与不满。

【注释】

①上东门:洛阳城东边的城门。

②郭北墓:位于洛阳城北的北邙山,汉代著名墓葬区,王公贵族多葬于此。郭:外城。

③萧萧:树木被风摇动发出的声响。

④夹:夹杂在路的两侧。广路:大路。

⑤陈死人:死去很长时间的人。

⑥杳杳:幽暗,黑暗。即:就。长暮:长夜。

⑦潜寐:一作"寐潜",深眠。黄泉:马茂元《古诗十九首探索》:"'黄泉',指深到有水的地下。'黄'是土的颜色,古人以'白''青''黑''赤''黄'五色,分属金木水火土五行。地为土,故色黄。"

⑧载:年,岁。寤:醒。

⑨浩浩:形容水流貌,这里比喻时间无限地流逝。阴阳移:这里指四时流转,四季变迁。古人以"阴阳"概括天地、宇宙、四时和人事万物。

⑩年命:寿命。如朝露:像早晨的露水一样短暂。

⑪忽:迅疾。寄:寄居,旅居,有短暂意。

⑫万岁:从古至今,意指无穷尽的岁月。更:更迭。更相送是说生死更迭,一代送一代。

⑬度:越过,超越。圣贤也不可能超越客观规律。

⑭服食:"服""食"同义,两字连用。指信奉道教的人服用丹药和草木药以求长生。

⑮被服:穿着。纨与素:指代做工精细、华美的衣服。纨是细绢,素是绢的总名。

【译文】

驾车经过洛阳城东边的城门,从这里遥望城北的北邙山墓地。白杨被风摇动发出萧萧的声响,松柏树夹杂在墓地道路的两侧。那片地下埋着已经死去了很长时间的人,他们堕入了昏暗幽深的漫漫长夜。在黄泉下长眠,即使过一千年也不可能醒来。时间无限的流逝,四季不断的变迁。寿命在这无限的时间里如同早晨的露水一般短暂。人的一生更像是短暂寄居在这天地之间一样,没有金石那样的坚固长远。无穷尽的岁月中,人类生死更迭,一代送走一代。即使是圣贤也不可能超越于自然规律之外。那些企图通过服食仙方追求长生不老的人,多半都被药物弄坏了身体。还不如穿着华美的衣服,纵情喝着美酒,这样的生活多快乐啊!

去者日以疏

去者日以疏①,来者日以亲②。
出郭门直视③,但见丘与坟。
古墓犁为田,松柏摧为薪④。
白杨多悲风,萧萧愁杀人。
思还故里闾⑤,欲归道无因⑥。

【题解】

这首诗写远游在外的游子因眼前景触动心中情,抒发人世无常的感叹,和自己思乡怀人却不得归的痛苦无奈。本诗的主题不仅仅是思乡怀人,更多的是对生死问题的思考。此诗的思想主题、艺术境界、感慨之由,都和《驱车上东门》类似。与其他十八首相比,最独特的地方在于这位游子最后并没有说明为什么不能归家,只留下了没有答案的疑问。他只是伤感。将痛苦的现实遮掩起来,让人感到无尽悲凉的情味。

【注释】

①去者:有说是指死去的亲人,有说是指逝去的日子。仔细推敲诗意,似乎前者更为贴切。马茂元《古诗十九首探索》:"'来者'和'去者',指客观现象中的一切事物。"也就是说把"来者""去者"的含义给泛化了,这样也解释的通。疏:疏远。

②亲:亲近。

③郭门:外城城门。直视:放眼望去。

④摧:折断,砍断。薪:柴火

⑤里闾:古代五家为邻,二十五家为里,后来凡是人户聚集的地方都称为里。闾就是里门。里闾指故乡,故居。

⑥因:缘故,因由。

【译文】

逝去的事物一天天地远离我们的生活,新生的事物又一天天地与我们的生活亲近起来。想到这些,我不禁走出外城城门放眼望去,只看到城外一个个坟墓。时间久远的墓已经被犁成田地,墓旁的松柏树也被砍断当作柴火了。白杨树迎风发出悲哀的声响,萧萧风声让人愁苦不堪。我思念着故乡和亲人,却没想到再也踏不上回家的路了!

生年不满百

生年不满百,常怀千岁忧①。
昼短苦夜长,何不秉烛游②?
为乐当及时,何能待来兹③。

愚者爱惜费④,但为后世嗤⑤。
仙人王子乔⑥,难可与等期⑦。

【题解】

这首诗从人生在世最普遍的忧虑说起,劝导人们放开胸怀、尽情享乐。与《驱车上东门》《东城高且长》主旨相似,都倡导人们注重现世的幸福和享乐。诗人勘破了人生的短暂无常和压在世人身上的"千岁忧",认为不懂享乐、吝惜财物的人都是愚人,口吻狂放、不羁。及时行乐的背后,压抑不住的是对生命的忧虑和无可奈何的感情。

【注释】

①生年:寿命。千岁忧:指为身后事打算,从而忧虑重重。张庚《古诗十九首解》:"生年不满百,人皆知之。常怀千岁忧者,为子孙作马牛耳。愚谓此两句大概言常人之情如此。"

②苦:以……为苦。秉烛游:古人夜晚用烛火照亮,秉烛游就是指把夜晚当作白天一样游玩享乐。

③来兹:马茂元《古诗十九首探索》:"'来兹',《春秋公羊传》:'诸侯有疾曰负兹。'注:'兹,新生草也。'这是兹的本义。《吕氏春秋》:'今兹美禾,来兹美麦。'注:'兹,年也。'因为草生一年一次,所以训'兹'为'年',这是引申义。'来兹',就是'来年'。"

④爱惜:吝惜,吝啬。费:费用,钱财。

⑤嗤:嗤笑,嘲笑。

⑥王子乔:古代传说中的仙人。刘向《列仙传》:"王子乔者,周灵王太子晋也。好吹笙,作凤凰鸣。游伊洛之间,道士浮丘公接以上嵩高山。三十余年后,求之于山上,见柏良曰:'告我家,七月七日待我于缑氏山巅。'至日,果乘鹤驻山头,望之不可到。举手谢时人,数日而去。"

⑦等期:同样的期盼。

【译文】

一个人的生命长不过一百年,却经常忧虑身后千年的事情,为子孙后代操心,还要为自己死后的名声地位操心。白日那么短暂夜晚却那么漫长,为什么不秉烛游玩将夜晚也当作白天一样尽情享乐呢?人生要及时享受生活,怎么能总是等着来年。愚人吝惜钱财,不敢恣意纵情,只给后人留下嗤笑的话柄。毕竟,不是所有人都能像王子乔那样得道成仙、长生不老。

凛凛岁云暮

凛凛岁云暮①,蝼蛄夕鸣悲②。
凉风率已厉③,游子寒无衣。
锦衾遗洛浦④,同袍与我违⑤。
独宿累长夜⑥,梦想见容辉⑦。
良人惟古欢⑧,枉驾惠前绥⑨。
愿得常巧笑⑩,携手同车归⑪。
既来不须臾⑫,又不处重闱⑬。
亮无晨风翼⑭,焉能凌风飞?
眄睐以适意⑮,引领遥相睎⑯。
徒倚怀感伤⑰,垂涕沾双扉。

【题解】

这首诗写思妇想念在外游荡的丈夫,通过现实与梦境的穿插描写,更加细腻地刻画了女主人公情绪的起伏跌宕,以及她内心的哀伤无奈和深情厚意。是《古诗十九首》最长的两首诗之一。此诗描绘的画面在当时很普遍,却也很悲伤,似乎一对男女成亲之后必定会别离,有情人最终成了怨偶。丈夫在外为事业奔波,留妻子空床独守,妻子只能无时无刻地担心和等待。他们能给彼此的只剩下真情了。

【注释】

①凛凛:寒风凛冽。《说文解字》:"凛,寒也。"云:语助词,这里有将的意思。

②蝼蛄(lóu gū):一种虫名。据郝懿行言:"今顺天人呼拉拉古,亦蝼蛄指声相转耳。蝼蛄翅短,不能远飞,黄色四足,头如狗头,俗呼土狗,即杜狗也。尤喜夜鸣,声如蚯蚓,喜就灯光。"

③率已厉:疾速而猛烈。

④锦衾:锦缎织就的被子。遗:送与。洛浦:洛水之滨,代指宓妃。传说伏羲氏女宓妃游于洛浦,溺死与洛水中,成为洛水之神。

⑤同袍:《诗经·秦风·无衣》:"岂曰无衣?与子同袍。"袍:披风。这里借"同袍"表示"同衾共枕"的夫妻关系。违:离别。

⑥累:积累,增加。累长夜:一个又一个长夜。

⑦梦想:点明下面描述的画面都是梦中的想象。容辉:指良人的风采容光。

⑧良人:妇女对丈夫的尊称。惟:思念。古欢:昔日的欢爱。

⑨枉驾:屈尊驾车前来,敬辞。惠:对他人赠与自己东西的感谢客气的说法。前绥:《礼记·昏义》:"出御妇车,而婿授绥,御轮三周。"就是说结婚的时候夫婿亲自驾车迎接新妇,把车前的绥递给新妇,拉新妇上车。绥就是挽人上车的绳索。

⑩巧笑:女子美好的笑容。《诗经·卫风·硕人》:"巧笑倩兮,美目盼兮。"

⑪这一句上接"枉驾惠前绥"。

⑫须臾:一会儿,片刻。

⑬重闱:深闺。诗写到这一句,思妇的梦就醒了,良人在梦中短暂的出现,醒来时也不在身边。

⑭亮:信,实在。晨风:鸟名,注见《东城高且长》。

⑮眄睐(miǎn lài):眼睛斜视貌。适意:宽慰自己,谴怀心意。

⑯引领:伸长脖子。睎:远望。

⑰徙倚:徘徊,彷徨。

⑱涕:眼泪。扉:门扇。余冠英《汉魏六朝诗选》:"徘徊而泪湿门扉似不近理,疑'扉'当作'屝'。屝是粗屦。凡草屦、麻屦、皮屦都叫屝。"可备一说。

【译文】

寒风凛冽,年末就要来了。这个时候蟋蟀也忍不住在夜晚发出悲鸣。一阵疾速而猛烈的冷风吹过,我不禁担心远在他乡的丈夫,也不知道他冷不冷。他为什么不回家呢?会不会是另结新欢了?我们两个曾经同床共枕,如今却两地分别。我一个人熬着那一个又一个长夜,睡梦中才能见到他令我思念的容颜。梦中,我的良人念着往日的欢好,结婚时亲自驾车前来,将登车用的绳索递在我手中。我对他露出娇羞美好的笑容,然后我们两个人携手一同上车归家。然而这只是个梦罢了。他在我的梦中没出现多长时间,现在也不在这深闺中。我实在是没有飞鸟的翅膀,怎么可能凌风飞起不远万里去找他呢?只能靠遥望远方来宽怀自己,伸长脖子眺望来排遣这份孤苦。徘徊伤感,倚门垂泪,泪水都把门板给沾湿了。

孟冬寒气至

孟冬寒气至,北风何惨慄①。
愁多知夜长,仰观众星列。
三五明月满②,四五詹兔缺③。
客从远方来,遗我一书札④。
上言长相思,下言久别离。
置书怀袖中,三岁字不灭⑤。
一心抱区区⑥,惧君不识察。

【题解】

这首诗写妻子因丈夫久游不归,中夜不寐,在初冬的长夜里望月怀人、排遣忧愁,并表达对丈夫的思念之情。也有说此诗是写索居之苦,良友之思,君子表白心迹,可作参考。不过我们更愿意将它看做是一首爱情诗。同样是思妇想念丈夫,《孟冬寒气至》与《凛凛岁云暮》两首诗写作手法却不同。一个写"不寐",一个写"寐";一个从情景交融的描写转入回忆,一个从梦前梦中写到梦醒。同一种相思能有千百种不同的表现,也自然有千百种不同的愁苦。相思最折磨人。

【注释】

①惨慄:形容北风吹过感到极度的寒冷。

②三五:每个月的十五日。

③四五:每个月的二十日。詹兔:詹通蟾,即蟾蜍和玉兔,代指月亮。缺:亏损。

④书札:书信。

⑤灭:磨灭。曹旭《梦雨诗话》:"'字不灭'侧写书札藏怀袖三年。爱人及物,与'馨香盈怀袖'同一心情。"即诗中的女子把远方寄来的书信当作宝贝一样收藏。

⑥区区:诚挚而坚定的情意。张玉谷《古诗十九首赏析》:"'三岁'句用笔最妙,盖置书怀袖,至三岁之久,而字犹不灭,既可以做区区之证;而书来三岁,人终不归,又何能不起不察识之惧?古诗佳处,一笔当几笔用,可以类推。"

【译文】

冬天到了寒气也来了,北风吹过人身旁实在把人冻得不行,浑身发抖。我这天晚上因为愁绪太多怎么都睡不着,这才发觉夜晚原来是那么漫长,于是抬头看向夜空中的星星。每个月的十五日月亮都是圆的,每个月的二十日月亮又变缺了。我还记得早先我的丈夫托人给我从远方捎回的书信。信上写着他对我的思念以及我们两个人因为分离产生的痛苦。我把这封信珍藏在衣袖中。已经过去三年了,上面的字迹还没有被磨灭。我对他有着坚定而真挚的感情,但是离别了这么长时间,总是害怕他不能察识我的这份心意。

客从远方来

客从远方来,遗我一端绮①。
相去万余里,故人心尚尔②。
文彩双鸳鸯③,裁为合欢被④。
著以长相思⑤,缘以结不解⑥。
以胶投漆中⑦,谁能别离此?

【题解】

这首诗还是写妻子思念丈夫,由客人寄绮开篇,通篇以裁绮制被为象征,对故人不忘旧情的真挚感情充满了感激。诗中的女主人公非常质朴和纯真,一端绮就让她坚定了对丈夫的感情,并且将绮裁为情意满满的合欢被。待到故人有一天真的从远方归来时,这床被子肯定能让他体会到满满的思念和情意。

【注释】

①一端:古代丝织品的计量词。二丈为一端。两端为一匹。在古代,一匹丝织品,由两端向中心卷,一端为半匹。绮:绫罗一类的丝织品。织成彩色花纹的叫做"锦",织成素色花纹的叫做"绮"。
②故人:诗中指远在万里之外别离已久的丈夫。尚尔:还是如此,即丈夫对妻子的感情没有变。
③文彩:这一端绮上所织的花纹。
④合欢:花名,又名"合昏""夜合"。合欢被的解释,最为合理的应当是马茂元《古诗十九首探索》中的注解:"汉朝凡是一种两面合起来的物件

都称为'合欢'。汉诗中如'裁为合欢扇'(《怨歌行》)'广袖合欢襦'(辛延年《羽林郎》),都是指扇和襦是两面合起来的。这里的'合欢被',是指把绮裁成表里两面合起来的被,所以有合欢之意。象征夫妇同居的愿望。"

⑤著:往被子中间填充丝绵。绵有绵长的意思,所以将这一制被子的过程称为"著以长相思"。

⑥缘:也是制被子的一道工序,沿着被子的四边用丝缕缝起来,使之结而不解。"缘"象征姻缘,"结"象征同心相结。

⑦以胶投漆中:胶和漆一旦黏在一起就不可能分离。比喻夫妻二人情投意合,如胶似漆,难分难解。

【译文】

你托人从远方给我寄来一端绮。想不到你我相隔如此之远,分别这么长时间了,你还惦记着我,你对我的心意始终没变。那端绮上的花纹是一对鸳鸯,我要把它裁成合欢被的样式。长长的丝绵放在被子里,那是我对你连绵不断的思念。用丝线将被子的四周缝起来,我们的姻缘就像那结一样分解不开。我们两个人就像是胶和漆粘合在了一起一样,难分难解,谁能把我们两个分离开呢?

明月何皎皎

明月何皎皎,照我罗床帏①。
忧愁不能寐,揽衣起徘徊②。
客行虽云乐③,不如早旋归④。
出户独彷徨,愁思当告谁?
引领还入房⑤,泪下沾裳衣。

【题解】

这首诗既可以理解为游子思念家乡,也可以理解为空床独守的妻子思念远方的丈夫。也有说是感慨不得意之作。从思妇的角度看,与《孟冬寒气至》相似,都是写夜晚不寐,于明月下抒怀。短短几行诗中,蕴含着无尽的思念、惆怅。诗中的主人公因愁思满怀在庭院中徘徊,本想排遣忧虑,可是愁绪思念剪不断理还乱,最后竟然更加愁苦了。只好回到房间里,任眼泪流淌,愁思缠绵。

【注释】

①罗床帏:罗制的床帐,轻薄透光。曹旭《梦雨诗话》:"月照罗帐,思妇典型环境所见典型景物;月光皎洁与罗帐透明,一石二鸟写法,后世多用之。"

②揽衣:拿起衣服披在身上。

③云:语助词,无实义。

④旋归:返回,回归。《诗经·小雅·黄鸟》:"言旋言归,复我邦族。"

⑤引领:这里指伸长脖子远望,形容殷切远望的样子。

【译文】

夜空中的月亮散发着洁白明亮的光芒,穿透罗制的床帐照在了我的床上。忧愁寂寞环绕着我,我实在是睡不着,就披上衣服在房间里独自徘徊。客居他乡虽然有很多欢乐,但是怎么能比得上尽早归家享受家庭带来的欢乐啊!走出门去仍然是一个人孤零零地彷徨着,我这满腹的愁思能够向谁诉说呢?伸长脖子望向远方,也只是看看罢了,有什么办法能抒发我的这份哀伤呢?只能再次回到空荡荡的房间里,任由泪水浸湿衣服。

附录

（清）徐昆《古诗十九首说序》

《十九首》，诗学之权衡也，上承《三百》，下启千百代，得其意一以贯之矣。岁戊子，三冬围炉，余从筼河先生纵谈今古，每说诗，辄以《十九首》为归。绅绎妙绪，陶淑性灵。或一夕两三首，或间夕一首，数夕一二首。至嘉平月八日之夕，说始竟。余次晨即别先生归，途次长吟默思，反覆问辨，时翛然洒然，风发泉涌，贯经史，括情事，神来如风曳祥云，缥缈晴空，迷离若万斛舟撞巨浪而去。钟铿磬夏，五音极赜；而鼎盘苍穆，色韵并古。盖先生移我性情矣。己丑山居，庚寅来都，辛卯亦在都，镂刻旧说，不敢忘，然未落笔墨也。届九月，先生奉命为督学安徽使时，又将别先生。因于别前数日，细意诠述，成若干言，用质同学诸君子，庶善悟者月印千潭，以之绍《三百》，隐括六朝唐宋等作者。文海无边，如遍听筼河师挥麈而谈也。乾隆壬辰黄钟上浣平阳徐昆后山书于京都邸舍。

（清）钱大昕《古诗十九首说序》

《古诗十九首》作者非一人，亦非一时。自昭明叙其次第，登之《文选》，论五言者咸以是为圭臬，不可增减，不能移易。后人欲分"燕赵多佳人"以下别为一首，所谓"离之则两伤"也。或又疑《生年不满百》一篇隐括古乐府而成之，非汉人所作，是犹读魏武《短歌行》而疑《鹿鸣》之出于是也，岂其然哉！临汾徐君后山倜傥奇士，予尝见其传奇数种，已心异之。兹所刊《古诗十九首说》则本吾友筼河学士宴谈之余论推衍而成者也。昔考亭论诗，于先儒训诂多有改易，盖取《孟子》"以意逆志"之指。《十九首》者，三代以下之风雅也。读后山之说，使人油然有得于兴观群怨、事父事君之义，其亦古诗之功臣，而足裨李善诸家训诂之未备者乎？癸巳正月三日嘉定钱大昕序。

汉乐府选

崇文国学经典

前　言

秦汉时出现了管理乐官、整理音乐的官署，叫乐府。1977年出土的秦错金甬钟，钟柄上刻有"乐府"二字，可见秦朝已经有了乐府这个机构。这也就说明汉代乐府是继承秦制而来的。汉初惠帝时已有乐府令，武帝扩大了乐府的建制与职能。西汉末哀帝登基后，下诏罢乐府官，一定程度上摧毁了乐府制度。到东汉，黄门鼓吹署为天子宴乐群臣提供歌诗，实际起到了西汉乐府机关的作用。东汉的乐府诗也主要是由黄门鼓吹署搜集、演唱，并由此得以保存。

乐府的任务主要有三个：一是管理乐工。据《汉书·百官公卿表》记载，武帝时，乐府由汉初的一令一丞改为一令三丞，负责招募、培训、组织乐工。至成帝时，乐府的人员多达800余人，成为一个规模庞大的音乐机构。二是采集民歌。这一方面继承了先秦时期民歌采集制度，通过搜集民歌"观风俗，知薄厚"；另一方面也在于汉代音乐人才缺乏，雅乐已经失传，只能采集民歌来丰富乐府的曲目。三是协律作歌。除了将民歌整理出来供朝廷演奏使用，有时也将帝王、贵族和文士创作的诗篇制曲配乐,组织乐工演唱,服务于朝廷的祭祀、朝会、燕享等需要。

汉代乐府机关是采集民歌并进行演唱。《汉书·艺文志》说:"自孝武立乐府而采歌谣,于是有赵、代之讴,秦、楚之风,皆感于哀乐,缘事而发,亦可以观风俗,知薄厚云。"并收录了三百一十四篇歌诗,包括吴、楚、汝南、雁门、云中、陇西、邯郸、河间、齐郑、淮南、左冯翊、京兆尹、河东蒲、洛阳、河南、周、南郡等地的歌诗。这说明汉乐府所搜集整理的民歌地域之广,又说明当时把这些可以演唱的民歌叫作歌诗,而这些歌诗都是有旋律,有曲调,可以歌唱的。因此,后代将这些汉代的民歌称之为汉乐府。

可惜的是,这些收集整理的歌诗,大部分已经散佚了。到了南朝时期,沈约在编著《宋书·乐志》时,辑录了大量的汉乐府民歌。此后,徐陵的《玉台新咏》、王僧虔的《技录》、智匠的《古今乐录》以及唐代吴兢的《乐府古题要解》、南宋郑樵的《通志·乐略》等都收录了一些汉乐府民歌。收集最完备的是北宋郭茂倩的《乐府诗集》,其中汉乐府主要保存在"郊庙歌辞""相和歌辞""鼓吹曲辞""杂歌谣辞"中。

汉乐府诗歌的内容非常广泛,多数是被称为"感于哀乐,缘事而发"的作品。这里所说的"事",包括故事、政事、职事、民事,如刘兰芝和焦仲卿的故事、秦罗敷抵制太守调戏的故事,如郊庙祭祀、朝会用乐,如歌颂雁门太守忠于职守,如描写从军老人回乡,如孤儿行贾、男女相恋等,各个阶层日常发生的这些事情,都成为了乐府诗歌的题材。这里所说的"哀乐",正是反映了各阶层的欢乐、痛苦、哀怨和愤怒的情感。

有些乐府诗叙述的是平民百姓悲惨的生活景象。《平陵东》写强盗和官府勾结劫持善良的义公,要他卖牛犊来交罚款。《妇病行》则写一个平民家庭妻死儿幼、丈夫和孤儿饥寒交迫的悲惨生活。另如

《艳歌行》写"兄弟两三人,流宕在他县",受尽屈辱,终年劳作,却衣不蔽体,深深地感到"远行不如归"。《东门行》叙述了一个市民不甘忍食无米、穿无衣的生活,铤而走险,不顾妻子的劝告,走上了反抗的道路。

还有乐府诗写了战争、徭役给人民带来的痛苦。如《战城南》用乞乌招魂的方式写了战争的惨烈以及将士的悲壮,气氛凝重;《十五从军征》则叙述了一个十五从军、八十退役的老兵无家可归的悲惨景象。有些乐府诗写了富豪们的奢侈生活。如《相逢行》写一个官宦家庭,黄金为门,白玉为堂,堂上置酒,名倡演唱,两妇织绨,小妇调瑟等富贵优游的生活。

男女爱情一直是民歌中最具有青春气息和生命活力的题材。汉乐府也不例外。其中既有写相亲相爱的海誓山盟,如《上邪》:"上邪!我欲与君相知,长命不绝衰。山无陵,江水为竭,冬雷震震,夏雨雪,天地合,乃敢与君绝!"列举了五种极为罕见的自然现象,来表现自己对爱情坚贞不移;又有写失恋痛苦的,如《有所思》;还有写遭到遗弃而毅然决绝的,如《白头吟》。这些作品从各个侧面反映了爱情生活,与我们今天的爱情大致类似,只不过表达的方式有所不同罢了。

本书收录各个类别中具有代表性的汉代乐府诗,以《史记》《汉书》《后汉书》等史书中的相关记载为主,依据郭茂倩《乐府诗集》、逯钦立《先秦汉魏晋南北朝诗》中的顺序进行排列,并参照相关史书及类书进行了辑补工作。

本书亦参考曲滢生编注的《汉代乐府笺注》,彭黎明、彭勃主编的《全乐府》,赵光勇主编的《汉魏六朝乐府观止》等今人研究成果。因篇幅有限,不再一一进行说明,谨在此表示由衷的感谢。本书在乐府诗的注释和主旨方面,哀集众说,而断以己意。不妥之处,敬请各位方家指正。

练时日

练时日①,侯②有望,熲膋萧③,延四方④。九重⑤开,灵之斿⑥,垂惠恩,鸿祐休⑦。灵之车,结玄云,驾飞龙,羽旄纷。灵之下,若风马,左仓⑧龙,右白虎。灵之来,神哉沛⑨,先以雨,般裔裔⑩。灵之至,庆阴阴⑪,相放佛⑫,震澹心⑬。灵已坐,五音饬⑭,虞⑮至旦,承灵亿⑯。牲茧栗⑰,粢盛香,尊桂酒,宾八乡。灵安留,吟青黄,遍观此,眺瑶堂。众嫭⑱并,绰奇丽,颜如荼,兆逐靡⑲。被华文,厕雾縠⑳,曳阿锡㉑,佩珠玉。侠嘉夜㉒,茝㉓兰芳,澹容与㉔,献嘉觞㉕。(《汉书·礼乐志》。《乐府诗集》卷一。《文选补遗》卷三四。《广文选》卷一一。《古诗纪》卷一五。《先秦汉魏晋南北朝诗·汉诗》卷四。以下简称《汉诗》。)

【题解】

《练时日》,言择吉日吉时以祭祀天地。

汉武帝之后,冬至郊天、夏至祀地的礼制渐趋定型。天子郊祀天地之时,祭歌具有正时日、应阴阳、迎神灵等作用。

本诗既铺陈了郊祀前的准备活动,选择时日、准备祭品、出发祭祀,又从神灵之"斿""车"言神灵降临,又以其"下""来""至""坐""留"等动作言其行迹,是为迎神曲。

【注释】

①练时日:选择时辰和日期。练:《汉书·礼乐志》颜师古注:"练,选也。"时日:时辰和日期。《礼记·曲礼上》:"卜筮者,先圣王之所以使民信时日、敬鬼神、畏法令也。"

②侯:《古诗纪》作"候"。

③爇(ruò):《说文解字》:"爇,烧也。"膋(liáo)萧:《汉书·礼乐志》注引李奇曰:"膋,肠间脂也。萧,香蒿也。"爇膋萧:燃烧脂油香蒿,使香味弥漫。

④四方:四方之神。《礼记·曲礼下》郑玄注:"祭四方,谓祭五官之神于四郊也。句芒在东,祝融、后土在南,蓐收在西,玄冥在北。"

⑤九重:九重天,古人认为天有九层。《楚辞·天问》:"圜则九重,孰营度之?"

⑥灵:神灵。斿(liú):同"旒",指旌旗下方垂缀的装饰物品。

⑦鸿:大。祜(hù):福。《诗经·周颂·载见》:"永言保之,思皇多祜。"休:美善,吉庆。《尚书·太甲中》:"实万世无疆之休。"

⑧仓:《文选补遗》《广文选》《古诗纪》作"苍"。

⑨沛:快速的样子。

⑩般:通"班",散开,分布。裔裔:飞流的样子。司马相如《上林赋》:"淫淫裔裔,缘陵流泽,云布雨施。"

⑪庆阴阴:《汉书·礼乐志》颜师古注:"言垂阴覆盖于下。"形容神灵所降之福覆盖于下。

⑫放怫:同"仿佛"。

⑬震澹心:震动人心。

⑭饬:整饬。

⑮虞:通"娱",欢乐。《管子·七臣七主》:"故主虞而安。"

⑯亿:《说文解字》:"亿,安也。"《左传·昭公二十一年》:"心亿则乐。"

⑰茧栗:泛指用来祭祀的物品。栗:《古诗纪》作"粟",误。

⑱嫭(hù):美丽的女子。扬雄《反离骚》:"知众嫭之嫉妒兮,何必扬累之蛾眉?"

⑲兆:指兆民,百姓。兆逐靡:指百姓竞相追逐观赏,互相依靡。

⑳厕:错杂在一起。雾縠(hú):薄雾一样绉纱类的丝织品。宋玉

《神女赋》:"动雾縠以徐步兮,拂墀声之珊珊。"

㉑阿:细缯。锡:通"緆",细麻布。

㉒侠嘉夜:《汉书·礼乐志》颜师古注:"侠,与挟同。嘉夜,芳草也。"一说"良夜",王先谦《汉书补注》:"嘉夜犹言良夜。"

㉓茝(zhǐ):香草名,即白芷。屈原《九歌·湘夫人》:"沅有茝兮澧有兰,思公子兮未敢言。"

㉔澹:平静,安定。容与:舒闲自适貌。

㉕献嘉觞(shāng):指为神灵献上美酒。

惟泰元

《汉书·礼乐志》:"建始元年,丞相匡衡奏罢'鸾路龙鳞',更定诗曰'涓选休成'。"

惟泰元①尊,媪神蕃釐②,经纬天地,作成四时。精建日月,星辰度理,阴阳五行,周而复始。云风雷电,降甘露雨,百姓蕃滋,咸循厥绪。继统共勤③,顺皇之德,鸾路④龙鳞,罔不肸饰⑤。嘉笾⑥列陈,庶几宴享,灭除凶灾,烈腾八荒。钟鼓竽笙,云舞翔翔⑦,招摇灵旗⑧,九夷宾将⑨。(《汉书·礼乐志》。《乐府诗集》卷一。《文选补遗》卷三四。《广文选》卷一一。《古诗纪》卷一五。《汉诗》卷四。)

【题解】

《惟泰元》,祭祀最高神泰一的乐歌。

《史记·孝武本纪》:"亳人薄诱忌奏祠泰一方,曰:'天神贵者泰一,泰一佐曰五帝。古者天子以春秋祭泰一东南郊,用太牢具,七日,为坛开八通之鬼道。'于是天子令太祝立其祠长安东南郊,常奉祠如忌方。"

诗中通过对最高神泰一的礼赞,祈求其保佑天下风调雨顺,四海宾服。

【注释】

①泰元:即"泰一""太一"。

②媪神:指地神。蕃釐(xī):多福,多祥。《汉书·文帝纪》颜师古注:"釐,本字作'禧',假借用耳,同音'僖'。"

③共:《乐府诗集》作"恭"。勤:《文选补遗》作"动"。

④鸾路:即"鸾辂""鸾路"。《礼记·月令》郑玄注:"鸾路,有虞氏之车。有鸾和之节,而饰之以青,取其名耳。"

⑤胏(xī):振。胏饰:振整而饰。

⑥笾(biān):指盛放祭祀品的礼器。

⑦翔翔:安舒的样子。

⑧招摇:古星名,《甘石星经》:"招摇星在梗河北,主边兵。"灵旗:《汉书·礼乐志》颜师古注:"画招摇于旗以征伐,故曰灵旗。"

⑨将:从。

天　地

《汉书·礼乐志》:"丞相匡衡奏罢'黼绣周张',更定诗曰'肃若旧典'。"

天地并况①,惟予有慕,爱熙紫坛②,思求厥路。恭承禋祀,缊豫为纷,黼绣周张③,承神至尊。千童罗舞成八溢④,合好效⑤欢虞泰一。九歌毕奏斐然殊,鸣琴竽瑟会轩朱。璆磬⑥金鼓,灵其有喜,百官济济⑦,各敬厥⑧事。盛牲实俎进闻膏⑨,神奄留,临须摇。长丽前掞⑩光耀明,寒暑不忒况皇章⑪。展诗应律鋗⑫玉鸣,函宫吐角激徵清。发梁扬羽申以商⑬,造兹新音永久⑭

长。声气远条凤鸟翔⑮,神夕奄虞盖孔⑯享。(《汉书·礼乐志》。《乐府诗集》卷一。《文选补遗》卷三四。《广文选》卷一一。《古诗纪》卷一五。《汉诗》卷四。)

【题解】

《天地》,合祀天地的乐歌。

诗作描写千童起舞,百官各敬厥事,铺陈牺牲用品井井有条,祭祀用乐不绝于耳,场面热烈,是为郊祀天地大合乐的场景。

【注释】

①况:通"贶",赐予。

②熙:兴起,兴盛。紫坛:《汉旧仪》:"祭天紫坛幄帐。"《汉书·礼乐志》颜师古注:"紫坛,坛紫色也,思求降神之路也。"又据王逸《楚辞章句·九歌·湘君》:"紫贝为室坛。"

③黼(fǔ):古代礼服上绣的黑白色相间的斧形花纹。《周礼·考工记·画缋》:"白与黑谓之黼。"周张:周遍张设,王先谦《汉书补注》:"周张,谓周遍张设于坛上。"

④溢:通"佾",古代乐舞的行列。

⑤效:《初学记》作"交"。

⑥璆(qiú)磬:玉磬。"璆"同"球",《尔雅·释器》:"璆,玉也。"磬:《文选补遗》作"馨",注云:"古'磬'字"。

⑦济济:威仪堂堂的样子。

⑧厥:其,他们的。《乐府诗集》作"其"。

⑨盛牲实俎进闻膏:《汉书·礼乐志》颜师古注:"言以牲实俎,以萧焫脂,则其芬馨达于神所。"意为盛献上牺牲祭品,点燃香料,使神灵可以享用。

⑩掞(yàn):通"焰",照耀。

⑪忒:差。皇章:明君。

⑫锽(xuān):鸣玉声。《广文选》《古诗纪》作"珺"。

⑬发梁:歌声绕梁。申:重。此句"羽""商"和上一句"宫""角""徵"合为五声,言五声齐备。
⑭久:《文选补遗》作"欠",误。
⑮条:达。鶋:古"翔"字。
⑯孔:甚,很。

日出入

日出入安穷①?时世不与人同。故春非我春,夏非我夏,秋非我秋,冬非我冬。泊如四海之池,遍观是耶谓何?吾知所乐,独乐六龙,六龙之调,使我心若②。訾③黄其何不徕下!(《汉书·礼乐志》。《乐府诗集》卷一。《文选补遗》卷三四。《广文选》卷一一。《古诗纪》卷一五。《汉诗》卷四。)

【题解】

《日出入》,是为迎日神之乐。
诗作中通过对太阳朝升暮落的描写,来表达对时间流逝的叹惋。

【注释】

①安穷:哪里有穷尽。《汉书·礼乐志》注引晋灼曰:"日月无穷,而人命有终,世长而寿短。"
②本句据《汉书·礼乐志》注引应劭曰:"《易》曰:'时乘六龙以御天。'武帝愿乘六龙,仙而升天,曰:'吾所乐独乘六龙然,御六龙得其调,使我心若。'"
③訾(zī):通"咨",嗟叹之词。《吕氏春秋·权勋》:"子反叱曰:'訾!退!酒也。'"

天　马

　　太一况①,天马下。沾赤汗,沫流赭②。志俶傥③,精权奇,籋④浮云,晻上驰⑤。体容与,迣⑥万里,今安匹,龙为友。

　　天马徕⑦,从西极⑧,涉流沙⑨,九夷服。天马徕,出泉水,虎脊两⑩,化若鬼⑪。天马徕,历无草⑫,径千里,循东道。天马徕,执徐⑬时,将摇举,谁与期? 天马徕,开远门,竦予⑭身,逝⑮昆仑。天马徕,龙之媒,游阊阖⑯,观玉台⑰。(《汉书·礼乐志》。《乐府诗集》卷一。《文选补遗》卷三四。《广文选》卷一一。《古诗纪》卷一五。《艺文类聚》卷九三。《文选》卷一四。《白孔六帖》卷一八。《太平御览》卷三八。《汉诗》卷四。《白孔六帖》以下简称《白帖》。)

【题解】

　　《天马》,一曰《天马歌》,颂赞天赐神马之歌。

　　元狩三年(前120),于南阳新野渥洼水旁所见的一群野马,中有奇者,与凡马异,来饮渥洼之水,作其一。太初四年(前101),诛宛王获宛马,作其二。

　　两首天马之歌,描写天马矫健有力,语言铿锵简练,表达获得天马的喜悦之情。

【注释】

①况:《艺文类聚》《太平御览》作"贶"。
②沫:《文选》注作"染"。赭(zhě):红褐色。
③俶傥(tì tǎng):卓异不凡。

④蹑(niè):通"蹑",践踏。
⑤晻:古同"暗"。晻上驰:晻然而上驰。
⑥迣(chì):逾越。《古诗纪》云:"即'逝'字。"
⑦徕:《艺文类聚》《文选》注、《白帖》《太平御览》作"来"。又《白帖》此字下有"兮"字。
⑧从:《白帖》作"自"。西极:西方极远之处。
⑨流沙:新疆天山一带的沙漠地区。
⑩虎脊两:《汉书·礼乐志》颜师古注引应劭曰:"马毛色如虎脊(者)有两也。"
⑪化若鬼:《汉书·礼乐志》颜师古注:"言其变化若鬼神。"
⑫草:《古诗纪》《广文选》作"皁"。《古诗纪》:"皁即草。"
⑬执徐:《汉书·礼乐志》颜师古注引应劭曰:"太岁在辰曰'执徐'。言得天马时岁在辰也。"
⑭予:《太平御览》或作"子"。
⑮逝:《太平御览》作"游"。
⑯阊阖(chāng hé):《汉书·礼乐志》引应劭注曰:"阊阖,天门。"
⑰玉台:《汉书·礼乐志》引应劭注曰:"玉台,上帝之所居。"

华烨烨

华烨烨①,固灵根。神之斿,过天门,车千乘,敦昆仑②。神之出,排玉房,周流杂,拔兰堂。神之行,旌容容③,骑沓沓④,般纵纵⑤。神之徕,泛翊翊⑥,甘露降,庆云集。神之揄⑦,临坛宇,九疑宾⑧,夔龙舞⑨。神安坐,翔吉时,共翊翊,合所思。神嘉虞,申贰觞⑩,福滂洋⑪,迈延长。沛施祐,汾之阿,扬金光,横泰河⑫,莽若云,增

57

阳波。遍胪驩,腾天歌⑬。(《汉书·礼乐志》。《乐府诗集》卷一。《文选补遗》卷三四。《广文选》卷一一。《古诗纪》卷一五。《汉诗》卷四。)

【题解】

《华烨烨》,合祭众神的乐歌。

据《汉书·郊祀志》:"甘泉泰畤紫坛,八觚宣通象八方。五帝坛周环其下,又有群神之坛。以《尚书》禋六宗、望山川、遍群神之义。"

本篇通过描写众神仪仗光辉灿烂,对其周游、出行、降临、安坐以及神灵欢畅的享用祭品进行铺写,表达了对神灵的由衷赞美。

【注释】

① 烨烨(yè yè):一作"煜煜""熤熤",明亮的样子。
② 仑:《文选补遗》作"崙"。
③ 容容:飞扬飘动的样子。
④ 沓沓:疾行的样子。
⑤ 纵纵:众多的样子。《文选补遗》《广文选》《古诗纪》作"从从"。
⑥ 翊翊:飞的样子。
⑦ 揄:《乐府诗集》作"榆"。
⑧ 九疑:即九嶷山,舜所葬之地。宾:以舜为宾客。
⑨ 夔龙舞:《汉书·礼乐志》引如淳曰:"夔典乐,龙管纳言,皆随舜而来,舞以乐神。"
⑩ 贰觞:指再献酒。
⑪ 滂洋:丰厚而广大。
⑫ 横:充满。泰河:大河。
⑬ 遍胪驩,腾天歌:歌呼欢腾,上陈于天。驩,同"欢"。

58

赤 蛟

赤蛟绥[1],黄华盖,露夜零,昼晻薆[2]。百君礼,六龙位,勺椒浆,灵已醉。灵既享,锡[3]吉祥,芒芒[4]极,降嘉觞。灵殷殷,烂扬光,延寿命,永未央[5]。杳冥冥[6],塞六合[7],泽汪濊[8],辑万国。灵禔禔[9],象舆轙[10],票然逝,旗逶蛇[11]。礼乐成,灵将归,托玄德[12],长无衰。(《汉书·礼乐志》。《乐府诗集》卷一。《文选补遗》卷三四。《广文选》卷一一。《古诗纪》卷一五。《汉诗》卷四。)

【题解】

《赤蛟》,送神曲。

诗作铺陈祭祀的隆重场景,写神灵怡醉椒浆之美。乃言礼乐成章之后,恭送神灵安然回归。

【注释】

①赤蛟:《汉书·礼乐志》颜师古注:"赤蛟貌黄华盖,言其上有黄气,状若盖也。"绥:上车时挽手所用的绳索,绳子的颜色为赤,因此用赤蛟形容之。

②晻薆(ǎn ǎi):指昏暗不明的样子。

③锡:通"赐",赐予。《国语·晋语七》:"公锡魏绛女乐一八,歌钟一肆。"

④芒芒:广远的样子。

⑤未央:未尽。《诗经·小雅·庭燎》:"夜如何其?夜未央。"

⑥冥冥:指昏暗的样子。《庄子·天地》:"视乎冥冥,听乎无声。"

⑦六合:指上下和四方,泛指天地或宇宙。

⑧汪濊(huì):深广的样子。《史记·司马相如列传》:"威武纷纭,湛恩汪濊。"
⑨禗禗(sī sī):不安的样子。
⑩象舆轙(yǐ):指象车整装待发。
⑪逶蛇(wēi yí):同"逶迤",弯曲延伸的样子。
⑫玄德:至高至上的德行。

郊祀灵芝歌

班　固

因灵①寝兮产灵芝,象三德兮瑞应②图。延寿命兮光此都,配上帝兮象太微③,参日月兮扬光辉。(《乐府诗集》卷一。《初学记》卷一五。《太平御览》卷五七〇。《汉诗》卷四。)

【题解】

《郊祀灵芝歌》,一曰《汉颂论功歌诗》,又称《灵芝歌》,班固作。《后汉书·明帝纪》:"十七年……甘露仍降,树枝内附,芝草生殿前,神雀五色翔集京师。"班固作此诗,《乐府诗集》列入汉郊祀歌。
诗以灵芝瑞应,歌颂汉德广元、汉祚绵长。

【注释】

①灵:一作"露"。
②三德、瑞应:古人认为帝王修德,时代清平,天就会降下祥瑞以应之。《论衡·书虚》:"天祐至德,故五帝三王招致瑞应。"
③太微:古代星官名,三垣之一。位于北斗之南,轸、翼之北,大角之西,轩辕之东。诸星以五帝座为中心,作屏藩状。《楚辞·远游》:"召丰隆使先导兮,问大微之所居。"

朱鹭曲

朱鹭①,鱼以乌②。路訾邪③,鹭何食?食茄④下。不之食,不以吐,将以问诛⑤者。(《宋书·乐志》。《乐府诗集》卷一六。《古诗纪》卷一五。《汉诗》卷四。)

【题解】

《朱鹭曲》,赞颂仪仗建鼓上所树朱鹭之羽。

《诗经·陈风·宛丘》:"坎其击鼓,宛丘之下。亡冬亡夏,值其鹭羽。"周以鹭鸟之羽以为翿,立之而舞,以之事神。汉之仪仗,路车先导,树以朱鹭,建鼓有声。

诗作言仪仗之威,以戒路人。

【注释】

①朱鹭:又称"朱鹮",属鹮科动物,以鱼、蟹、虾等为食。

②鱼以乌:曹道衡《乐府诗选》认为:"同'鱼已歍(wū)',指鹭鸟吃鱼已吃又想吐。"

③路訾邪:《乐府诗集》注曰:"表声字,当与曲辞有别。"

④茄:当是古"荷"字,指荷茎。

⑤诛:疑误。《宋书·乐志》注:"一作'谏'。"

思悲翁曲

思悲翁①,唐②思,夺我美人侵以遇③。悲翁也,但我思。蓬首④狗,逐狡兔,食交君⑤。枭⑥子五,枭母六,拉沓⑦高飞莫安宿。(《宋书·乐志》。《乐府诗集》卷一六。《古诗纪》卷一五。《汉诗》卷四。)

【题解】

诗作以四方征战的悲惨遭遇来衬托将士的艰辛与付出。

【注释】

①翁:泛指老年男子。《史记·魏其武安侯列传》:"与长孺共一老秃翁,何为首鼠两端。"

②唐:徒然,白白地。一作草名,蔓生,俗称菟丝。

③夺我美人:即美人夺我。侵:《说文解字·人部》:"渐进也。"以:因为。遇:相遇。

④蓬首:头发乱如飞蓬。蓬,据《乐府诗集》,一作"蕞"。逯钦立《先秦汉魏晋南北朝诗》案:"'蕞'字当是'蓬'之异文。"

⑤食交君:郑文《汉诗研究》认为:"'君'是'麏(jūn)'的省写。《毛传》:'交交,小貌。'可见交有小义,也可见'交君'即小麏。"

⑥枭:郑文《汉诗研究》认为:"'枭'与'骁'通,有健勇的意思。"

⑦拉沓:象声词。

上之回曲

上之回,所中益①。夏将至,行将北。以承甘泉宫,寒暑德②。游石关③,望诸国,月支臣④,匈奴服。令从百官疾驱驰,千秋万岁乐无极。(《宋书·乐志》。《乐府诗集》卷一六。《文选补遗》卷三四。《广文选》卷一二。《古诗纪》卷一五。《汉诗》卷四。)

【题解】

《汉书·武帝纪》:"天汉二年春,行幸东海还,幸回中。"《乐府诗集》

引吴兢《乐府解题》曰:"汉武通回中道,后数出游幸焉。"引沈建《广题》曰:"汉曲皆美当时之事。"又曰:"按石关,宫阙名,近甘泉宫。相如《上林赋》云'蹶石关,历封峦'是也。"诗作写汉武帝巡守盛状,作此曲以赞颂之。

逯钦立《先秦汉魏晋南北朝诗》言:"《上之回》者,言上幸回中。'所中'即'行在所',又见《雉子班》,盖当时习语,'所中益'言行在所仪从之盛,末二句则赞美之辞。"

诗作写帝王出游之时的盛况,表现出赞美之情。

【注释】

①上:指汉武帝。回:回中道。《汉书·武帝纪》注:"应劭曰:'回中在安定高平,有险阻。萧关在其北,通治至长安也。'孟康曰:'回中在北地,有山险,武帝故宫。'如淳曰:'《三辅黄图》云回中宫在汧也。'师古曰:'回中在安定,北通萧关,应说是也。'"所:行在所。益:《说文解字·皿部》:"益,饶也。"本句言汉武帝经回中道巡幸之事。

②德:一作"得"。

③石关:宫阙名,指石关宫,与甘泉宫相近。

④月支:古代西北民族名称,也称"月氏",其族先居住在今甘肃省敦煌市与青海祁连之间,汉文帝时期,遭匈奴攻击,西迁至塞种故地(今新疆伊犁河上游一带),称"大月氏"。其余不能迁者,入祁连山区,称"小月氏"。臣:名词作动词,臣服。

战城南曲

战城南,死郭①北,野死不葬乌可食。为②我谓乌:"且为客豪③,野死谅不葬,腐肉安能去子逃?"水深激激④,蒲苇冥冥⑤。枭骑战斗死,驽马徘徊鸣。

梁筑室,何以南?梁何北⑥?禾黍而⑦获君何食?愿为忠臣安可得?思子良臣,良臣诚可思。朝行出攻,暮不夜⑧归。(《宋书·乐志》。《乐府诗集》卷一六。《文选补遗》卷三四。《广文选》卷一二。《古诗纪》卷一五。《汉诗》卷四。)

【题解】

《战城南曲》,作于西汉时期。前章写戍卒悼念阵亡者,后章写思归不得。

【注释】

①郭:外城。

②为:据《文选补遗》,此处无"为"字。

③豪:即"嚎",同"号",指大声哀号。

④激激:形容水清澈的样子。

⑤冥冥:幽暗的样子。

⑥梁何北:据《文选补遗》《广文选》《古诗纪》,此三字作"何以北"。此句两个"梁"字有二解,一解:两个"梁"字均为表声字,无义;二解:前一个"梁"字意为"桥梁",后一个"梁"字为衍字,当删。

⑦而:《广文选》《古诗纪》作"不"。

⑧暮不夜:《文选补遗》作"暮夜不"。

巫山高曲

巫山①高,高以大;淮水②深,难以逝③。我欲东归,害梁④不为?我集无高⑤,曳水何(梁)⑥。汤汤回回⑦。临水远望,泣下沾衣。远道之人心思归,谓之何⑧!

(《宋书·乐志》。《乐府诗集》卷一六。《广文选》卷一二。《古诗纪》卷一五。《汉诗》卷四。)

【题解】

《巫山高曲》,《乐府解题》:"古词言,江淮水深,无梁可度,临水远望,思归而已。"

诗篇为征夫思乡而作,表达欲归而不能的无奈。

【注释】

①巫山:山名,即巫峡,有十二峰,其下有神女庙,在今重庆巫山县东南。

②淮水:即淮河,发源地在河南桐柏山,流经安徽、江苏。

③逝:指水流。此处引申为渡过。

④害:逯钦立认为,"害者,曷之借字。"梁:曹道衡《乐府诗选》认为此字无义。

⑤我集无高:"集高"即"济篙"。

⑥曳:划船用的桨。梁:当是"深"之讹字。

⑦汤汤(shāng shāng):指水势浩大的样子。《诗经·卫风·氓》:"淇水汤汤,渐车帷裳。"回回:水流回旋的样子。

⑧谓之何:有什么办法呢?

上陵曲

上陵何美美①,下津②风以寒。问客③从何来,言从水中央。桂树为君船,青丝为君笮④,木兰为君棹⑤,黄金错⑥其间。沧海之雀赤翅鸿,白雁随⑦。山林乍开乍合,曾不知日月明。醴泉⑧之水,光泽何蔚蔚⑨。芝为车,龙为马,览遨游,四海外。甘露⑩初二年,芝生铜池中,仙人下来饮,延寿千万岁。(《宋书·乐志》。《乐府诗集》卷一六。《广文选》卷一二。《古诗纪》卷一五。《汉诗》卷四。)

【题解】

《上陵曲》,作于汉宣帝甘露二年(前52),灵芝祥瑞出现,仙客下凡饮酒并赐福之事。

《古今乐录》曰:"汉章帝元和中,有宗庙食举六曲,加《重来》《上陵》二曲,为《上陵》食举。"

诗作写迎神、送神之事,以军乐奏之。

【注释】

①上陵:逯钦立言:"《古今乐录》所疑非也,此题'上陵'与本文'山林',殆皆'上林'之误。"美美:闻一多《乐府诗笺》中认为:"'美'疑读为'枚',《鲁颂·閟宫》'实实枚枚',《释文》引《韩诗》曰:'枚枚,闲暇无人之貌',一作微微,《文选·南都赋》'清庙肃以微微',李注:'微微,幽静貌。'"

②下津:下到水边。

③客:指仙客。

④笮(zuó):竹索。

⑤棹(zhào):船桨。《后汉书·皇甫嵩传》:"是犹逆坂走丸,迎风纵棹。"

⑥错:涂饰。

⑦随:当作"堕"。

⑧醴泉:甘泉。

⑨蔚蔚:茂盛的样子。

⑩甘露:指西汉汉宣帝的年号(前53—前50)。

将进酒曲

将①进酒,乘大白②。辨加哉③,诗审搏④。放故歌,心所作。同阴气⑤,诗悉索⑥。使禹良工,观者苦⑦。
(《宋书·乐志》。《乐府诗集》卷一六。《古诗纪》卷一五。《汉诗》卷四。)

【题解】

《乐府诗集》引古辞曰:"'将进酒,乘大白。'大略以饮酒放歌为言。"秦汉饮酒礼,一用于将士凯旋,二用于校阅之后的宴饮。诗作描写宴饮之时,尽情饮酒放歌的场面。

【注释】

①将(qiāng):请,愿。《诗经·郑风·将仲子》:"将仲子兮,无逾我墙。"
②乘大白:逯钦立《先秦汉魏晋南北朝诗》言:"指引满举白之意。"
③辨:通"辩",辩驳。辨加哉:辩驳交加。
④诗:此处有"持"的意思。审:工审。诗审搏:所持辩驳之言辞,工审广博。
⑤阴气:阴声律吕。
⑥诗悉索:指歌舞表演由盛转衰。
⑦禹、观:闻一多《乐府诗笺》"禹"为"尔"义,"观"为"歌"义。当是。苦:疑为"若"字之误。若,顺。

67

君马黄歌

君马黄,臣马苍①,二马②同逐臣马良。易之有骓蔡有赭③,美人归以南,驾车驰马。美人伤我心!佳人归以北,驾车驰马。佳人安终极!(《宋书·乐志》。《乐府诗集》卷一六。《文选补遗》卷三四。《广文选》卷一二。《古诗纪》卷一五。《汉诗》卷四。)

【题解】

《君马黄歌》,言车马之盛。

【注释】

①君马、臣马:王汝弼《乐府散论》认为"皆指田猎时所乘的马"。当是。
②二马:《宋书·乐志》作"三",当是誊写之误,今从《乐府诗集》。
③易:古燕地,在北方。骓(guī):黑色的马。蔡:古蔡地,在南方。赭(zhě):红褐色的马。

芳树曲

芳树日月①,君乱如于风,芳树不上无心。温而鹄,三而为行②。临兰池③,心中怀我怅。心不可匡④,目不可顾,妒人之子愁杀人。君有它⑤心,乐不可禁。王将何似,如孙如鱼⑥乎?悲矣。(《宋书·乐志》。《乐府诗集》卷一六。《古诗纪》卷一五。《汉诗》卷四。)

【题解】

《芳树曲》,诗作用芳树的高洁来比喻作者的心性纯如,当对方有二心之时,也能坦然面对。

【注释】

①月:按逯钦立《先秦汉魏晋南北朝诗》言:"当作'夕'。"

②温、鹄:郑文《汉诗研究》认为:"'温'者,和柔之意,'鹄'者,直立之行,'三'者,数之极也。"当是。

③兰池:池名,亦或宫名,当在长安附近。

④匨:闻一多《乐府诗笺》:"匨疑当为匨字之误也。《说文》:'匨,古文藏字。'《小雅·隰桑》:'中心藏之。'"当是。

⑤它:《乐府诗集》作"他"。

⑥如孙如鱼:闻一多《乐府诗笺》:"孙读为荪,一作荃。'如荪如鱼'者,谓彼妒人之香饵,王则如鱼,将受其欺也。"陈直《〈汉铙歌十八曲〉新解》:"闻说是也。但荃亦可解作鱼筌,不必泥于香饵,大意是比妒人之子如钓师,比王鱼之在筌。"陈说当是。

有所思曲

有所思,乃在大海南。何用问遗①君?双珠玳瑁簪②,用玉绍缭之。闻君有它③心,拉杂摧烧之!摧烧之,当风扬其灰。从今以往,勿复相思!相思与君绝。鸡鸣狗吠,兄嫂当知之。妃呼豨④!秋风肃肃晨风飔⑤,东方须臾高⑥知之。(《宋书·乐志》。《乐府诗集》卷一六。《广文选》卷一二。《古诗纪》卷一五。《汉诗》卷四。)

【题解】

《乐府解题》引《古今乐录》言:"汉太乐食举第七曲亦用之,不知与此同否。"

清庄述祖《汉铙歌句解》言:"短箫铙歌之为军乐,特其声耳;其辞不必皆序战阵之事。"

诗作写恋爱中的女子,在得知所爱的男子变心之后的反应。

【注释】

①遗(wèi):赠。

②玳瑁簪:玳瑁甲壳所作的首饰。

③它:《乐府诗集》作"他"。

④妃呼狶(xī):均表声字。

⑤飔(sī):迅疾之风。

⑥高:同"皓",明亮。

圣人出曲

圣人出,阴阳和。美人①出,游九河。佳人来,骓②离哉何。驾六飞龙四时和。君之臣明护不道③,美人哉,宜天子。免甘星筮乐甫始④,美人子,含四海。(《宋书·乐志》。《乐府诗集》卷一六。《广文选》卷一二。《古诗纪》卷一五。《汉诗》卷四。)

【题解】

诗作用"圣人""美人""佳人"来赞美帝后,或用为皇帝大婚之乐。

【注释】

①美人:与下文佳人对举,以喻贤臣。

②骓(fēi):马。

③明:闻一多《乐府诗笺》:"明,当为'萌',古与'民'通,即君之臣

民。"当是。护不道:诛灭不道。

④免甘星筮:郑文《汉诗研究》:"《韵会》:'卫大夫免余。'《史记·天官书》:'齐有甘公。'免、甘二姓占候卜筮之学。"甫:大。乐甫始:广大众多。

上邪曲

上邪①,我欲与君相知②,长命③无绝衰。山无陵④,江水为竭,冬雷震震夏雨雪⑤,天地合,乃敢与君绝。(《宋书·乐志》。《乐府诗集》卷一六。《广文选》卷一二。《古诗纪》卷一五。《汉诗》卷四。)

【题解】

诗作写女子对恋人立下的海誓山盟。

【注释】

①上:指天。邪:同"耶"。据《古诗纪》,一作"雅"。
②相知:相亲近。
③长命:此处指代两个人的爱情。
④陵:峰。
⑤震震:指打雷声。雨(yù):名词动用,下。

石留曲

石留凉阳凉石①,水流为沙锡以微②。河为香向始粦③,冷将风阳北逝④。肯无敢与于杨⑤,心邪怀兰志⑥。

金安薄北方⑦,开留离兰⑧。(《宋书·乐志》。《乐府诗集》卷一六。《古诗纪》卷一五。《汉诗》卷四。)

【题解】

《石留曲》,一作《石流》。逯钦立《先秦汉魏晋南北朝诗》:"盖上言石沙之销毁,下言时光之迅速。"

【注释】

①石留:亦为石流,石上流水。凉阳凉:徐仁甫《古诗别解》卷四《汉鼓吹铙歌十八曲别解》:"阳者,重迭词中表声之字,犹《杂曲·婕蝶行》'摇头鼓翼何轩何奴'之'奴',亦迭词中表声字。"当是。阳字无义,起强调语气的作用。此句言水流于石上,水是多么的清凉啊!

②沙:《说文解字·水部》:"沙,水散石也。"锡:通"緆",细麻布。此句言水中沙细且微。

③河:指一般的水名。《经典释文》:"北人名水皆曰河。"香:芳。縰(xī):同"溪"。《古诗纪》作"溪"。此句言水流之芳。

④冷将风:指冷风。阳北逝:逯钦立《先秦汉魏晋南北朝诗》:"冬日行北陆,故曰阳北逝。"当是。

⑤肯无:肯否。杨:杨树。《诗经·陈风·东门之杨》:"东门之杨,其叶牂牂。"《乐府诗集》《古诗纪》均作"扬",当误。

⑥邪:语气词。怀兰:兰,香草。王逸《九思·悯上》:"怀兰英兮把琼若,待天明兮立踯躅。"自注:"言怀兰把若,无所施之,欲待明君,未知其时,故屏营踯躅。"此句言心怀如兰之志。

⑦安:何。薄:迫近。

⑧开留离兰:陈本礼《汉诗统笺》:"四字声词。"当是。

箜篌引

公无渡河,公竟渡河,堕河而死[1],将奈公[2]何。
(《乐府诗集》卷二六题解。《初学记》卷一六。《白帖》卷一八。《文选补遗》卷三四。《广文选》卷一二。《古诗纪》卷一六。《汉诗》卷九。)

【题解】

《箜篌引》,见于《乐府诗集》引崔豹《古今注》:"《箜篌引》者,朝鲜津卒霍里子高妻丽玉所作也。子高晨起刺船,有一白首狂夫,被发提壶,乱流而渡,其妻随而止之,不及,遂堕河而死。于是援箜篌而歌曰:'公无渡河,公竟渡河,堕河而死,将奈何!'声甚凄怆,曲终亦投河而死。子高还,以语丽玉。丽玉伤之,乃引箜篌而写其声,闻者莫不堕泪饮泣。丽玉以其曲传邻女丽容,名曰《箜篌引》。"《古今乐录》:"张永《技录》相和有四引,一曰箜篌,二曰商引,三曰徵引,四曰羽引。箜篌引歌瑟调,……古有六引,其宫引、角引二曲阙,宋为箜篌引有辞,三引有歌声,而辞不传。梁具五引,有歌有辞。凡相和,其器有笙、笛、节歌、琴、瑟、琵琶、筝七种。"

《先秦汉魏晋南北朝诗》言:"《宋书·乐志·巾舞歌诗》有《公莫舞》一篇,沈约谓《琴操》有《公莫渡河》曲,其声所从来已久。《乐录》非之曰:'今三调中自有《公无渡河》,其声哀切,首入瑟调,不容以瑟调杂于舞曲云。'据此,《公无渡河》曲兼为瑟调曲。"

诗作劝诫身处险境者,对方却执意不听,终涉危险境地。

【注释】

①堕:《文选补遗》作"坠"。《初学记》"堕"上有"公"字。堕河而:《白帖》作"公堕河"。

②公:《初学记》《乐府诗集》题解均无"公"字,当补。

江　南

江南可采莲,莲叶何田田①。鱼戏莲叶间,鱼戏莲叶东,鱼戏莲叶西,鱼戏莲叶南,鱼戏莲叶北。(《宋书·乐志》。《乐府诗集》卷二六。《文选补遗》卷三四。《古诗纪》卷一六。《汉诗》卷九。)

【题解】

《江南》,《乐府诗集》引《乐府解题》曰:"江南古辞,盖美芳晨丽景,嬉游得时。"

诗作描写人们在采莲时节的欢快、愉悦。

【注释】

①莲:一作"荷",下同。田田:荷叶茂盛的样子。

东光乎

东光乎①,仓梧②何不乎。仓梧多腐粟,无益诸军粮。诸军游荡子,早行多悲伤。(《宋书·乐志》。《乐府诗集》卷二七。《古乐府》卷四。《广文选》卷一二。《古诗纪》卷一六。《汉诗》卷九。)

【题解】

《乐府诗集》引《古今乐录》曰:"张永《元嘉技录》云:'《东光》,旧但有弦无音,宋时造其声歌。'"

《先秦汉魏晋南北朝诗》言:"《技录》云云,似此曲西晋前尚无歌辞,宋时始造新诗,应再考。"

诗作言从军苍梧。

【注释】

①东光:余冠英《乐府诗选》认为:"东方明。"乎:《古乐府》作"平"。逯钦立《先秦汉魏晋南北朝诗》曰:"乎,疑误,当作'平'。"下同。

②仓:亦作"苍"。仓梧:即苍梧,今广西梧州。具体事件为汉武帝元鼎五年(前112)之时,派军进攻苍梧。

薤　露

薤上露①。何易晞②。露晞明朝更复落③,人死一去④何时归。(《乐府诗集》卷二七。《古今注》中。《后汉书·周举传》注。《文选》卷二八《挽歌诗》注。《初学记》卷一四。《太平御览》卷五五二。《合璧事类》卷六八。《草堂诗笺》卷二四《故秘诗》注。《古诗纪》卷一六。《汉诗》卷九。)

【题解】

《薤露》,一作《泰山吟行》。

诗作用"露"比喻生命的短暂与脆弱,用为王公贵族送葬的挽歌。

【注释】

①薤(xiè):一种多年生草本植物,俗称藠(jiào)头,鳞茎可食用。露:《初学记》《文选注》《古今注》"露"字上有"朝"字。《文选》注"露"字上有"零"字。

②晞(xī):晒干。

③露晞:《太平御览》无此二字。落:《初学记》作"结",《太平御览》

或作"露",《古今注》作"滋"。

④一去:《太平御览》:"或无'一去'二字。"

蒿　里

蒿里谁家地,聚敛魂魄①无贤愚。鬼伯②一何相催促,人命不得少踟蹰③。(《乐府诗集》卷二七。《古今注》下。《文选》卷二八《挽歌诗》注。《初学记》卷一四。《太平御览》卷五五二。《合璧事类》卷六八。《草堂诗笺》卷二四《故秘诗》注。《古诗纪》卷一六。《汉诗》卷九。)

【题解】

《蒿里》,一作《蒿里曲》。

诗作言人生短暂,世事难料,在死亡面前人人平等。用为士大夫和庶人送葬的挽歌。

【注释】

①魂:《太平御览》《草堂诗笺》作"精"。魄:《太平御览》作"魂"。
②鬼伯:鬼中之长,指阎王。
③踟蹰:即"踟躇",徘徊不前。

鸡　鸣

鸡鸣高树巅,狗吠深宫①中。荡子何所之,天下方太平。刑法非有贷②,柔协正乱名③。黄金为君门,璧玉为轩阑④堂。上有双樽酒,作使邯郸倡。刘王碧青甓,后出郭门王⑤。舍后有方池,池中双鸳鸯。鸳鸯七十二,罗⑥列自成行。鸣声何啾啾⑦,闻我殿东箱⑧。兄弟四五人,皆为侍中郎。五日一时来,观者满路傍。黄金络马头,颎颎何煌煌⑨。桃生⑩露井上,李树生桃傍。虫来啮桃根⑪,李树代桃僵⑫。树木身相代,兄弟还相忘。(《宋书·乐志》。《乐府诗集》卷二八。《文选补遗》卷三四。《广文选》卷一二。《古诗纪》卷一六。《汉诗》卷九。)

【题解】

《乐府诗集》引《乐府解题》曰:"古词云:'鸡鸣高树巅,狗吠深宫中。'初言'天下方太平,荡子何所之',次言'黄金为门,白玉为堂,置酒作倡乐为乐',终言'桃伤而李仆',喻兄弟当相为表里。兄弟三人近侍,荣耀道路,与《相逢狭路间行》同。"

诗先写太平盛况,接着写荡子的显贵与奢华,最后写贵族之间互相倾轧的结局,是对汉代豪门贵族真实状况的反映。

【注释】

①宫:一作"巷"。

②贷:宽恕。

③柔协:安抚和顺之人。正乱名:曹道衡《乐府诗选》认为:"纠正败乱名教的人。"

④阑:《古诗纪》无"阑"字。

⑤刘王、郭门王:清张玉谷《古诗赏析》:"大约是当时制甓之家。"曹道衡《乐府诗选》认为:"疑是。"青甓(pì):青砖。逯钦立《先秦汉魏晋南北朝诗》言:"今本殆以上句倡字而脱去名倡二字。并倒碧玉为玉碧也。"

⑥罗:《文选补遗》作"难",误。

⑦啾啾(jiū jiū):象声词。

⑧箱:《乐府诗集》作"厢",古通。

⑨颎颎(jiǒng jiǒng):明亮的样子。王逸《九思·哀岁》:"神光兮颎颎,鬼火兮荧荧。"煌煌:光辉的样子,引申为光彩鲜明的样子。宋玉《高唐赋》:"玄木冬荣,煌煌荧荧。"

⑩桃生:一作"种桃"。

⑪啮(niè):咬。《太平御览》作"食"。桃根:《太平御览》作"桃桃"。

⑫僵:枯死。

乌 生

乌生八九子,端坐①秦氏桂树间。唶②！我秦氏家有游遨③荡子,工用睢阳强④,苏合弹⑤,左手持强弹,两丸出入乌东西。唶！我一丸即发中乌身,乌死魂魄飞扬上天。阿母生乌子时,乃在南山严石间。唶！我人民安知乌子处,蹊径窈窕⑥安从通？白鹿乃在上林西苑中,射工尚复得白鹿脯⑦。唶！我黄鹄摩天极高飞,后宫尚复得烹煮之;鲤鱼乃在洛水深渊中,钓钩尚得鲤鱼口。唶！我人民生各各有寿命,死生何须复道前后。(《宋书·乐志》。《乐府诗集》卷二八。《文选补遗》卷三四。《古诗纪》卷一六。《汉诗》卷九。)

【题解】

《乌生》,一曰《乌生八九子》。在《乐府诗集》中属于《相和歌辞·相和曲》。

《乐府诗集》引《乐府解题》:"言乌母生子,本在南山岩石间,而来为秦氏弹丸所杀。白鹿在苑中,人可得以为脯。黄鹄摩天,鲤在深渊,人可得而烹煮之,则寿命各有定分,死生何叹前后也。"

诗作借乌鸦的悲惨遭遇,衬托社会中被压迫、被残害者的悲惨命运,意味深长。

【注释】

①端坐:此处指安然栖息。

②喈(jiē):表示感叹。

③游遨:四处游荡。

④工:善于。睢(suī)阳:地名,在今河南商丘,古代属宋国。强:指弓。睢阳强:曹道衡《乐府诗选》认为:"春秋时期宋景公曾命人制作射程很远的弓。"此处当是代指睢阳之地所产作的弓。

⑤苏合:西域苏合国出产的香料。苏合弹:用苏合香和泥,制作成的弹丸。

⑥窈窕:幽深的样子。

⑦脯:肉脯,此处指白鹿肉。

平陵东

平陵①东,松柏桐,不知何人劫义公②。劫义公,在高堂③下,交钱百万两走马④。两走马,亦诚难,顾见追吏心中恻。心中恻,血出漉⑤,归告我家卖黄犊⑥。(《宋书·乐志》。《乐府诗集》卷二八。《古诗纪》卷一六。《汉诗》卷九。)

【题解】

《古今注》:"《平陵东》,汉翟义门人所作也。"

《乐府诗集》引《乐府解题》:"义,丞相方进之少子,字文仲,为东郡太守。以王莽方篡汉,举兵诛之,不克,见害。门人作歌以怨之也。"一说本诗误传为汉代翟义门客所作。

诗作言贪官污吏对百姓的残害以及对财物的无情掠夺。

【注释】

①平陵:指汉昭帝刘弗陵之墓,在长安西北。

②义公:指对好人的称呼,一说姓义的男子。

③高堂:指官府。

④交钱百万两走马:余冠英《乐府诗选》认为:"是贿赂和赎金。走马:善走的马。"曹道衡《乐府诗选》认为:"交钱百万和快马两匹。"马国强《乐府诗语"两走马"新解》认为:"所谓'两走马',应是汉时口语词,以'走马'隐走人之意,犹今人所说的两拉倒,各走各的。下文蝉联云:'两走马,亦诚难',是说交钱百万才算拉倒,条件太苛刻了。"似通。

⑤渡(lì):指血从体内渗出。

⑥黄犊:指黄毛小牛。《韩非子·内储说上》:"南门之外有黄犊食苗道左者。"

陌上桑

日出东南隅①,照我秦氏楼。秦氏有好女,自名为罗敷。罗敷善②蚕桑,采桑城南隅。青丝为笼③系,桂枝为笼钩。头上倭堕髻④,耳中明月珠。缃绮⑤为下裙,紫绮为上襦⑥。行者见罗敷,下担捋髭须⑦。少年见罗敷,脱帽著帩头⑧。耕者忘其犁,锄者忘其锄。来归相怨怒,但坐⑨观罗敷。

使君从南来,五马⑩立踟蹰。使君遣吏往,问是谁家姝⑪?秦氏有好女,自名为罗敷。罗敷年几何?二十尚不足,十五颇有余。使君谢⑫罗敷:"宁可共载不?"

罗敷前置辞:"使君一何愚!使君自有妇,罗敷自有夫。东方千余骑⑬,夫婿居上头。何用⑭识夫婿,白马从骊驹⑮。青丝系马尾,黄金络马头。腰中鹿卢剑⑯,可直⑰千万余。十五府小史⑱,二十朝大夫⑲。三十侍中郎⑳,四十专城居㉑。为人洁白皙,鬑鬑颇㉒有须。盈盈㉓公府步,冉冉㉔府中趋。坐中数千人,皆言夫婿殊㉕"。

(《宋书·乐志》。《玉台新咏》卷一。《乐府诗集》卷二八。《古诗纪》卷一六。《汉诗》卷九。)

【题解】

《陌上桑》,《宋书·乐志》作《艳歌罗敷行》。《玉台新咏》一作《日出东南隅行》。

《乐府诗集》引《古今乐录》:"《陌上桑》歌瑟调。古辞《艳歌罗敷行》《日出东南隅篇》。"引《古今注》:"《陌上桑》者,出秦氏女子。秦氏,邯郸人有女名罗敷,为邑人千乘王仁妻。王仁后为赵王家令。罗敷出采桑于陌上,赵王登台见而悦之,因置酒欲夺焉。罗敷巧弹筝,乃作《陌上桑》之歌以自明,赵王乃止。"

诗作写采桑女罗敷面对太守无礼要求时的机智反应。

【注释】

①隅:指方位。

②善:擅于。

③笼:竹编盛物器具。

④倭堕髻:美好的发髻。一说东汉梁冀妻所创的"堕马髻"。

⑤缃:浅黄色。绮:一种丝织品。

⑥上襦:短上衣。

⑦髭(zī)须:胡须。

⑧帽:《玉台新咏》作"巾"。帩(qiào)头:指古代男子束发的头巾。

⑨坐:由于。

⑩五马:清吴兆宜《玉台新咏笺注》引《遁斋闲览》:"汉朝臣出使为太守,增一马,故为五马。"阎步克《乐府诗〈陌上桑〉中的"使君"与"五马":兼论两汉南北朝车驾等级制的若干问题》认为:"'五马'未必指'一车之马',也可以理解为'一队之马';汉代存在大量低级使者,他们的车队构成多种多样;把'五马'车队之主看成一位低级使者,大致没有矛盾与反证,可能更符合原诗情境与历史背景。"

⑪姝:美丽的女子。

⑫谢:问。

⑬骑:骑马的人。

⑭何用:怎样。

⑮骊(lí)驹:黑色的壮马。

⑯鹿卢剑:相传是历代秦王的宝剑,是王权的象征。

⑰直:通"值",价值。

⑱府小史:掌管文书的小官。史:《玉台新咏》作"吏"。

⑲朝大夫:朝廷的中等官员。

⑳侍中郎:皇帝左右的近臣。

㉑专城居:指一城之主,即一郡太守。

㉒鬑鬑(lián lián):曹道衡《乐府诗选》认为:"鬓发疏而长。"颇:稍稍。

㉓盈盈:从容的样子。

㉔冉冉:缓慢的样子。

㉕殊:出众。

王子乔

王子乔,参①驾白鹿云中遨。参驾白鹿云中遨,下游来,王子乔。参驾白鹿上至云,戏游遨。上建②通阴广里践近高。结仙宫,过谒三台,东游四海五岳,上过蓬莱紫云台。三王五帝不足令,令我圣朝应太平。养民若子事父明,当究天禄永康宁。玉女罗坐吹笛箫。嗟行圣人游八极③,鸣吐衔福翔殿侧④。圣主享万年。悲今皇帝延寿命。(《乐府诗集》卷二九。《广文选》卷一二。《古诗纪》卷一六。《汉诗》卷九。)

【题解】

刘向《列仙传》:"王子乔者,周灵王太子晋也,好吹笙作凤鸣。游伊、洛之间,道人浮丘公接以上嵩高山。三十余年后,求之于山上,见桓良曰:'告我家,七月七日待我于缑氏山头。'至时,果乘白鹤驻山头,望之不得到,举手谢时人,数日而去。为立祠于缑氏山下及嵩高之首焉。"

《乐府诗集》引《古今乐录》:"张永《元嘉技录》有吟叹四曲:一曰《大雅吟》,二曰《王明君》,三曰《楚妃叹》,四曰《王子乔》。《大雅吟》《王明君》《楚妃叹》,并石崇辞。《王子乔》,古辞。《王明君》一曲,今有歌。《大雅吟》《楚妃叹》二曲,今无能歌者。古有八曲,其《小雅吟》《蜀琴头》《楚王吟》《东武吟》四曲阙。"

诗作赞美仙人王子乔清俊飘逸、超然风神,表达了作者对民生疾苦的深切同情。

【注释】

①参:通"骖",配有副马的车。

②上建:向上之势。

③八极:八方极远的地方。

④吐:发出。衔福:含福。翔殿侧:瑞鸟在殿中飞翔。

长歌行 三首

其一

青青园中葵①,朝露待②日晞。阳春布德泽,万物生光辉③。常恐秋节至,焜黄华叶④衰。百川东到海,何时复西归。少壮不努力,老大徒⑤伤悲。(《乐府诗集》卷三〇。《文选》卷二七。《艺文类聚》卷四二。《古诗纪》卷一六。《汉诗》卷九。)

【题解】

《乐府诗集》引《乐府解题》:"古辞云'青青园中葵,朝露待日晞',言芳华不久,当努力为乐,无至老大乃伤悲也。"《古今注》:"长歌、短歌,言人寿命长短,各有定分,不可妄求。"

诗作以园中之葵起兴,劝导人们珍惜光阴,及时努力,以免老年时徒增哀叹。

【注释】

①葵:菜名,又名冬葵,可以作为药材。
②待:《文选》李善注作"行"。
③物:一作"里"。辉:《文选》注作"晖"。
④焜(kūn)黄:指叶子枯黄。叶:《文选》注作"蕊"。
⑤徒:《文选》注作"乃"。

其二

仙人骑白鹿,发短耳何长。导我上太华①,揽芝获赤幢^②。来到主人门,奉药一玉箱。主人服此药,身体日康强。发白复^③黑,延年寿命长。(《乐府诗集》卷三〇。《广文选》卷一二。《古诗纪》卷一六。《汉诗》卷九。)

【注释】

①太华:太华山,即华山。
②赤幢(chuáng):芝草的一种,红色,状如车盖。
③复:《乐府诗集》《广文选》无此字。更:一作"还"。

其三

岩岩^①山上亭,皎皎^②云间星。远望使心思,游子恋所生。驱车出北门,遥观洛阳城。凯风吹长棘^③,夭夭^④枝叶倾。黄鸟飞相追,咬咬^⑤弄音声。伫立望西河^⑥,泣下沾罗缨^⑦。(《乐府诗集》卷三〇。《广文选》卷一二。《古诗纪》卷一六。《汉诗》卷九。)

【题解】

《古诗纪》将本诗分为二首。

严羽《沧浪诗话》:"'苕苕山上亭'以下,其义不同,当别为一首也。"逯钦立《先秦汉魏晋南北朝诗》:"乐府古辞,多杂他人诗歌,今仍从乐府作一首。"

诗作先描绘神仙之游,欲求仙药延寿;后写现实的无奈,风吹河冷,有惜生之嗟。

【注释】

①岩岩(tiáo tiáo):高耸的样子。
②皎皎:明亮的样子。
③凯风:南风。长棘(jí):酸枣树。
④夭夭:美丽而且茂盛的样子。

⑤咬咬:象声词,指鸟的鸣叫声。

⑥西河:据《吕氏春秋·观表》,吴起为魏国守西河,当为今陕西省韩城市一带。

⑦罗缨:丝制的冠带。

相逢行

相逢狭路间,道隘①不容车。如何两少年②,挟毂③问君家。君家诚易知,易知复难忘。黄金为君门,白玉为君堂。堂上置樽酒,使作④邯郸倡。中庭生桂树,华灯何煌煌。兄弟两三人,中子为侍郎。五日一来归,道上自生光。黄金骆马头,观者满路⑤傍。入门时左顾,但见双鸳鸯。鸳鸯七十二,罗列自成行。音声何噰噰⑥,鹤鸣东西厢。大妇织罗绮⑦,中妇织流黄⑧。小妇无所作,挟瑟上高堂。丈人⑨且安坐,调丝未遽央⑩。
(《玉台新咏》卷一。《乐府诗集》卷三四。《广文选》卷一二。《古诗纪》卷一六。《汉诗》卷九。)

【题解】

《相逢行》,一曰《相逢狭路间行》,亦曰《长安有狭斜行》,《玉台新咏》一作《相逢狭路间》。

《乐府诗集》引《乐府解题》:"古词文意与《鸡鸣曲》同。"

诗作铺陈主人公富贵安乐之事,展现了汉人理想的家庭生活。

【注释】

①隘(ài):指狭窄。

②如何两少年:《乐府诗集》作"不知何年少"。

③挟:《乐府诗集》作"夹"。毂(gǔ):车轮中心的圆木,外沿与车辐相接,中有插轴的圆孔。挟毂:同"夹车"。
④使作:《乐府诗集》作"作使"。
⑤满路:《乐府诗集》作"盈道"。
⑥噰噰(yōng yōng):指鸟和鸣的样子。也作"雝雝"。
⑦罗绮:《乐府诗集》作"绮罗"。
⑧流黄:淡黄色的绢织品。
⑨丈人:指对公姥的称呼。
⑩调丝:调弦。未遽(jù)央:未能急迫完结。《乐府诗集》作"方未央"。

善哉行

来日大难,口燥唇干。今日相乐,皆当喜欢。(一解)

经历名山,芝草翻翻①。仙人王乔②,奉药一丸。(二解)

自惜袖短,内手知寒。惭无灵辄,以救赵宣③。(三解)

月落参④横,北斗阑干⑤。亲友⑥在门,饥不及餐。(四解)

欢日尚少,戚日苦多。何以⑦忘忧,弹筝酒歌。(五解)

淮南八公⑧,要道不烦。参驾六龙,游戏云端。(六解)

(《宋书·乐志》。《乐府诗集》卷三六。《广文选》卷一二。《古诗纪》卷一六。《汉诗》卷九。)

【题解】

《善哉行》，《艺文类聚》作魏陈思王曹植诗。

《乐府诗集》引《乐府解题》："古辞云：'来日大难，口燥唇干。'言人命不可保，当见亲友，且永长年术，与王乔八公游焉。"《古诗纪》："此篇《宋书·乐志》亦作《古辞》，或以此为子建诗，按子建《拟善哉行》'为日苦短'云当'来日大难'，则此非子建作矣。"

诗作铺陈神仙的生活场景，体现出对长生不老的向往。

【注释】

①翻翻：随风摇摆。

②王乔：即仙人王子乔。

③赵宣：即赵盾。灵辄，是赵盾从前在翳桑之地所救的一位饿馁之人。此句典出《左传·宣公二年》，秋九月，晋侯欲杀赵盾，赵盾被灵辄所救。

④落：《乐府诗集》作"没"。参(shēn)：星宿名。

⑤阑干：指横斜的样子。

⑥友：《乐府诗集》作"交"。

⑦何以：《乐府诗集》作"以何"。

⑧淮南八公：指西汉淮南王刘安的八个门客，分别是苏飞、目尚、左吴、田由、雷被、毛被、伍被、晋昌，世称"八公"。他们崇尚道教，精于炼丹。

折杨柳行

默默施行违，厥罚随事来。末喜杀龙逢，桀放于鸣条①。（一解）

祖伊言不用，纣头悬白旄②。指鹿用为马，胡亥以

丧躯③。(二解)

夫差临命绝,乃云负子胥。戎王纳女乐,以亡其由余④。璧马祸及虢,二国俱全墟⑤。(三解)

三夫成市虎,慈母投杼趋⑥。卞和之刖足,接予归草庐⑦。(四解)

(《宋书·乐志》。《乐府诗集》卷三七。《广文选》卷一二。《古诗纪》卷一六。《汉诗》卷九。)

【题解】

《折杨柳行》,《广文选》作《折杨柳》。

诗作以历史人物作鉴戒,言兴亡之思。

【注释】

①末喜:即"妹嬉",夏桀的王后。龙逢:即关龙逢,因阻止建造酒池而被末喜杀害。鸣条:地名,今山西运城夏县西。夏桀在鸣条与商军作战,以大败告终。

②祖伊:商纣王臣子。商纣王不听祖伊之言,头颅被周武王所斩,悬大白之旗。

③本句为赵高指鹿为马的典故,说明秦二世胡亥信从邪臣之说,以致秦朝覆灭的结局。

④本句指秦穆公将美女组成的女乐队献给西戎王,西戎王沉迷于其中而导致灭亡的故事。

⑤本句为晋献公献白璧和良马给虞国国君,要借道攻打虢国,最后虞国与虢国都灭亡的事情。

⑥本句典出《战国策·魏策》和《战国策·秦策》,分别讲了三人言市有虎,皆以为真,以及曾参母亲投杼而奔的故事,形容谣言可畏。

⑦卞和之刖足:指卞和献璧玉而被砍去左右脚的故事。接予:当为"接子",曹姓,为战国时稷下学宫最有影响的学者之一。

西门行

出西门,步念之①,今日不作乐,当待何时?逮为乐②,逮为乐,当及时。何能愁怫郁③,当复待来兹。酿美酒,炙肥牛,请呼心所欢,可用解忧愁。人生不满百,常怀千岁忧。昼短苦夜长,何不秉烛游。游行去去如云除④,弊车羸马为自储⑤。(《宋书·乐志》。《乐府诗集》卷三七。《广文选》卷一二。《古诗纪》卷一六。《汉诗》卷九。)

【题解】

《乐府诗集》引《古今乐录》:"王僧虔《技录》:'《西门行》歌古西门一篇,今不传。'"《乐府解题》:"古辞云'出西门,步念之'。始言醇酒肥牛,及时为乐,次言'人生不满百,常怀千岁忧,昼短苦夜长,何不秉烛游'。终言贪财惜费,为后世所嗤。又有《顺东西门行》,为三、七言,亦伤时顾阴,有类于此。"

诗作言人生苦短,需及时行乐。

【注释】

①步念之:一边走一边思索。

②逮为乐:及时行乐。

③怫郁(fú yù):指心情不舒畅的样子。

④去去:越走越远。除:消散。

⑤弊车:破弊的车。羸马:瘦马。储:备。

东门行

出东门,不顾归。来入门,怅欲悲。盎①中无斗米储,还视架上无悬衣。拔剑东门去,舍中儿母②牵衣啼。他家但愿富贵,贱妾与君共哺糜③。上用仓浪天④故,下当用此黄口儿⑤。今非⑥,咄⑦!行!吾去为迟,白发时下难久居。(《乐府诗集》卷三七。《古诗纪》卷一六。《汉诗》卷九。)

【题解】

《乐府诗集》引《乐府解题》:"古词云:'出东门,不顾归。入门怅欲悲。'言士有贫不安其居者,拔剑将去,妻子牵衣留之,愿共哺糜,不求富贵。且曰'今时清,不可为非'也。"

诗作以对话表现妻子对生活艰难的哀怨,以及丈夫对困苦生活状况的愤怒之情。

【注释】

①盎(àng):一种口小腹大的容器。

②母:《古诗纪》一作"女"。

③哺:吃。糜:粥。

④用:因为,由于。仓浪天:指青天。

⑤黄口儿:幼儿。

⑥非:不是这样。

⑦咄(duō):叹词,表示呵叱。

饮马长城窟行

青青河畔草,绵绵[1]思远道。远道不可思,宿昔[2]梦见之。梦见在我傍,忽觉在他乡。他乡各异县,辗转不相见。枯桑知天风,海水知天寒。入门各自媚[3],谁肯相为言。客从远方来,遗我双鲤鱼[4]。呼儿烹鲤鱼[5],中有尺素书[6]。长跪读素书,书中竟何如。上言加餐食,下言长相忆。(《文选》卷二七。《乐府诗集》卷三八。《汉诗》卷七。)

【题解】

《饮马长城窟行》,一曰《饮马行》,最早见于南朝梁萧统《文选》。《乐府诗集》引《乐府解题》:"古词,伤良人游荡不归,或云蔡邕之辞。"

诗作写妻子思念行役的丈夫,假想丈夫托人寄来书信,抒发了对丈夫归来的期盼。

【注释】

①绵绵:连绵不断的样子。
②宿昔:昨夜。
③媚:谄媚,逢迎。
④遗(wèi):给予。双鲤鱼:此处指信函。
⑤烹鲤鱼:喻指打开信函。
⑥尺素:古人书写用的长一尺左右的白色生绢。书:书信。

妇病行

妇病连年累岁,传呼丈人①前一言。当言未及得言,不知泪下一何翩翩②。"属累君两三孤子,莫我儿饥且寒,有过慎莫笞笞③,行当折摇④,思⑤复念之。"

乱⑥曰:抱时无衣,襦复无里。闭门塞牖⑦舍,孤儿到市,道逢亲交,泣坐不能起。从乞求与孤儿买饵⑧,对交啼泣泪不可止。"我欲不伤悲不能已。"探怀中钱持授⑨,交入门⑩,见孤儿⑪啼索其母抱,徘徊空舍中,行复尔耳,弃置勿复道!(《乐府诗集》卷三八。《古诗纪》卷一六。《汉诗》卷九。)

【题解】

诗作写病妇在临终之时,反复叮咛自己的丈夫要好好照顾孩子。乱辞写病妇死后,丈夫和孩子的处境并没有改善。

【注释】

①丈人:指丈夫。

②翩翩:形容泪流不止的样子。

③笞(qiè)答:用鞭子抽打。

④折摇:即"折夭"。

⑤思:语助词,无义。

⑥乱:指乐曲的末章。

⑦牖(yǒu):窗户。

⑧饵:食物。

⑨探:掏。持授:交给。

⑩交入门:指回家。
⑪儿:《古诗纪》无此字。

孤儿行

孤儿生,孤子遇生①,命独当苦!父母在时,乘坚车,驾驷马。父母已去,兄嫂令我行贾②。南到九江③,东到齐与鲁。腊月来归,不敢自言苦。头多虮虱,面目多尘。大兄言办饭,大嫂言视马。上高堂,行取④殿下堂,孤儿泪下如雨。使我朝行汲⑤,暮得水来归。手为错⑥,足下无菲⑦。怆怆⑧履霜,中多蒺藜⑨。拔断蒺藜,肠肉中怆欲悲。泪下渫渫⑩,清涕累累⑪。冬无复襦,夏无单衣。居生不乐,不如早去,下从地下黄泉。春气动,草萌芽。三月蚕桑,六月收瓜。将⑫是瓜车,来到还家。瓜车反覆⑬,助我者少,啖⑭瓜者多。愿还我蒂⑮,兄与嫂严,独且急归。当兴校计⑯。

乱曰:里中一何譊譊⑰,愿欲寄尺书,将与地下父母,兄嫂难与久居。(《乐府诗集》卷三八。《古诗纪》卷一六。《汉诗》卷九。)

【题解】

《孤儿行》,一曰《孤子生行》《放歌行》。

《乐府诗集》:"古辞言孤儿为兄嫂所苦,难与久居也。"

诗作以"父母在时"与"父母已去"来比较孤儿前后两种命运的不同,充满了哀伤与叹惋之情。

【注释】

①遇生:古人迷信出生时遭遇的命运。
②行贾:经商。
③九江:汉代九江郡,在今安徽省中部地区。
④取:通"趋",快步急走。
⑤行汲:去井边打水。
⑥错:形容皮肤皴裂。
⑦菲:通"扉"(fèi),指草鞋。《古诗纪》一作"屝"。
⑧怆怆(chuàng chuàng):忧愁的样子。
⑨蒺藜:草本植物,有刺。
⑩渫渫(xiè xiè):泪流不止的样子。
⑪累累:连续不断的样子。
⑫将:推车。
⑬反覆:指翻车。
⑭啗(dàn):吃。
⑮蒂:瓜蒂。
⑯兴:《古诗纪》作"与"。兴校计:提出计较。
⑰譊譊(náo náo):指喧闹的声音。

雁门太守行

孝和帝①在时,洛阳令王君②,本自益州广汉人。少行宦③,学通五经④论。(一解)

明知法令,历代衣冠。从温⑤补洛阳令。化行致贤,拥护百姓。子养万民。(二解)

外行猛政,内怀慈仁。文武备具,料⑥民富贫。移

恶子姓,篇著里端⑦。(三解)

伤杀人,比伍⑧同罪对门,禁镏⑨矛八尺,捕轻薄少年,加笞决罪,诣马市⑩论。(四解)

无妄发赋⑪,念在理冤⑫。敕⑬吏正狱,不得苛烦。财用钱三十,买绳礼⑭竿。(五解)

贤哉贤哉,我县王君。臣吏衣冠,奉事皇帝。功曹主簿⑮,皆得其人⑯。(六解)

临部居职,不敢行恩⑰。清身苦体,夙夜劳勤。化有能名,远近所闻。(七解)

天年不遂,早就奄昏⑱。为君作祠,安阳亭⑲西。欲令后代,莫不称传。(八解)

《宋书·乐志》。《乐府诗集》卷三九。《古诗纪》卷一六。《汉诗》卷九。)

【题解】

《雁门太守行》,《后汉书·王涣传》注作《古乐府歌》。

《乐府诗集》引《古今乐录》曰:"王僧虔《技录》云:'《雁门太守行》歌古洛阳令一篇。'"《乐府解题》曰:"按古歌词,历述涣本末,与传合。而曰《雁门太守行》,所未详。"《先秦汉魏晋南北朝诗》言:"歌中'民'作'人','世'作'代','治'作'化',皆系唐人避讳。"

诗作写东汉洛阳令王涣勤政爱民,体恤百姓。后用于百姓祭祀王涣时所用的乐歌。

【注释】

①孝和帝:指东汉和帝刘肇,是东汉的第四位皇帝。

②王君:指王涣。《后汉书·王涣传》:"王涣,字稚子,广汉郪人也。父顺,安定太守。涣少好侠,尚气力,晚改节敦儒学,习书读律,略通大义。后举茂才,除温令。讨击奸猾,境内清夷,商人露宿于道。其有放牛

者,辄云,以属稚子,终无侵犯。在温三年,迁兖州刺史。绳正部郡,威风大行。后坐考妖言不实论,岁余征拜侍御史。永元十五年,还为洛阳令。政平讼理,发擿奸伏,京师称叹,以为有神算。元兴元年病卒。百姓咨嗟,男女老壮相与致奠醊,以千数。及丧西归,经弘农,民庶皆设槃案于路,吏问其故,咸言平常持米到洛,为卒司所抄,恒亡其半。自王君在事,不见侵枉,故来报恩。其政化怀物如此。民思其德,为立祠安阳亭西。每食辄弦歌而荐之。永嘉二年,邓太后诏嘉其节义,而以子石为郎中。延熹中,桓帝事黄老道,悉毁诸旁祀,唯存卓茂与涣祠焉。"

③行宦:年少时出去做官。

④五经:指《易》《书》《诗》《礼》《春秋》。

⑤温:指河南温县。

⑥料:查核,计算。

⑦移:移文,一种官府文书。移恶子姓,篇著里端:曹道衡《乐府诗选》:"王涣将洛阳城中作恶者姓名列为五篇,揭示于里巷口。"

⑧比伍:指邻里。

⑨锸:《乐府诗集》作"鍫"。禁锸:禁止民间私藏武器。

⑩马市:指洛阳马市。

⑪无妄:不轻易。发赋:征发赋税。

⑫念:清理。冤:冤狱。

⑬敕:戒饬。

⑭礼:同"理",治理。《古诗纪》一作"理"。

⑮功曹主簿:县官以下的官职。

⑯皆得其人:形容用人得当。

⑰行恩:私自施恩。

⑱早就奄昏:指去世。

⑲安阳亭:洛阳郊区的地名。

艳歌何尝行

飞来双白鹄①,乃从西北来②。十十五五③,罗列成行。(一解)

妻卒④被病,行不能相随。五里一返顾,六里一徘徊。(二解)

吾欲衔汝去,口噤⑤不能开;吾欲负汝去,毛羽何摧颓⑥。(三解)

乐哉新相知,忧来生别离,躇踌顾群侣,泪下不自知。(四解)

念与君离别,气结⑦不能言,各各⑧重自爱,道远归还难。妾当守空房,闭门下重关⑨。若生当相见,亡者会重泉。今日乐相乐,延年万岁期⑩。

(《宋书·乐志》。《乐府诗集》卷三九。《风雅翼补遗》下。《文选补遗》卷三四作《飞鹄行》。《古诗纪》卷一六。《汉诗》卷九。)

【题解】

《艳歌何尝行》,一曰《飞鹄行》,《宋书》中作《大曲》。

《乐府诗集》《乐府解题》:"古辞云:'飞来双白鹄,乃从西北来。'言雌病雄不能负之而去,'五里一反顾,六里一徘徊'。虽遇新相知,终伤生别离也。又有古辞云'何尝快独无忧',不复为后人所拟。"

逯钦立《先秦汉魏晋南北朝诗》言:"此诗《古诗纪》分为两篇,'念与君离别'以下另为一首,不著解数。不曰'右一曲为晋乐所奏',仅于题下标曰:'二首'。篇后附《广文选》歌辞,不免自乱其例,今据《宋书》及《玉台新咏》所载,以次列奏曲本辞。"

诗作以鸿鹄离别起兴,言夫妻离别相思之苦。

【注释】

①鹄:一作"鹤"。
②来:《古诗纪》作"方"。
③十十五五:一作"十五十五",当是。
④妻:指雌鹄。卒:突然。
⑤噤:张不开。
⑥毛羽何摧颓:指羽毛受损而无法背负雌鹄。
⑦气结:气塞。
⑧各各:各自。
⑨关:指门闩。
⑩曹道衡《乐府诗选》认为:"此句疑入乐时所加,与全诗无甚关系。"当是。

艳歌行二首

其一

翩翩堂前燕,冬藏夏来见。兄弟两三人,流宕①在他县。故衣谁为②补,新衣谁当绽③。赖得贤主人,览④取为我绽。夫婿⑤从门来,斜柯西北眄⑥。语卿⑦且勿眄,水清石自见。石见何累累⑧,远行不如归。(《玉台新咏》卷一。《乐府诗集》卷三九。《广文选》卷一二。《古诗纪》卷一六。《汉诗》卷九。)

【题解】

《乐府诗集》引《古今乐录》曰:"《艳歌行》非一,有直云'艳歌',即

《艳歌行》是也。若《罗敷》《何尝》《双鸿》《福钟》等行,亦皆'艳歌'。"《乐府解题》曰:"古辞云'翩翩堂前燕,冬藏夏来见'。言燕尚冬藏夏来,兄弟反流宕他县。主妇为绽衣服,其夫见而疑之也。"

诗作言夫妻之间误会之后,妻子的自证之词。

【注释】

①流宕:指流荡。他县:异乡。
②为:《乐府诗集》作"当"。
③绽(zhàn):缝补,缝纫。
④览:同"揽",拿着。
⑤夫婿:指主妇的丈夫。
⑥柯:《古诗纪》作"倚"。斜柯:斜靠着身子。眄(miǎn):观看。
⑦语卿:对你说。
⑧累累:形容石头在水中累积的样子。

其二

南山石嵬嵬①,松柏何离离②。上枝拂青云,中心十数围。洛阳发中梁③,松树窃自悲。斧锯截是松,松树东西摧。持作四轮车,载至洛阳宫。观者莫不叹,问是何山材。谁能刻镂此?公输与鲁班④。被之用丹漆,熏用苏合香。本自南山松,今为宫殿梁。(《乐府诗集》卷三九。《古诗纪》卷一六。)

【题解】

诗作言伐树而为宫殿,与《豫章行》言伐树之词可对读。

【注释】

①嵬嵬(wéi wéi):高耸的样子。
②离离:繁茂的样子。

③发:兴建。中梁:房屋的正梁,据下文,当指宫殿的正梁。
④公输与鲁班:黄节《汉魏乐府风笺》认为:"公输子鲁班,鲁巧人也,或以为鲁昭公子。"

白头吟

皑①如山上雪,皎②若云间月。闻君有两意,故来相决绝。今日斗酒会,明旦沟水头。躞蹀御沟③上,沟水东西流。凄凄复凄凄,嫁娶不须啼。愿得一心人,白头不相离。竹竿何袅袅④,鱼尾何簁簁⑤。男儿重意气,何用钱刀⑥为!(《玉台新咏》卷一。《乐府诗集》卷四一。《古诗纪》卷一二。《汉诗》卷九。)

【题解】

《西京杂记》:"司马相如将聘茂陵人女为妾,卓文君作《白头吟》以自绝,相如乃止。"《乐府解题》:"古辞云'皑如山上雪,皎若云间月。'又云:'愿得一心人,白头不相离。'始言良人有两意,故来与之相决绝。次言别于沟水之上,叙其本情。终言男儿重意气,何用于钱刀。"

诗作为女子闻男子变心的决绝之意及自况之辞。

【注释】

①皑:洁白的样子。
②皎:明亮的样子。
③躞蹀(xié dié):犹"蹀躞",指小步行走的样子。御沟:宫禁的河沟。
④袅袅:形容竹竿细长颤动的样子。
⑤簁簁(zǒng zǒng):《乐府诗集》作"筛筛"(shāi shāi)。古同"筛

筛",指鱼甩尾声。

⑥钱刀:刀形钱币。

怨歌行

班婕妤

新裂齐纨素①,鲜洁如霜雪。裁为合欢扇,团团似明月。出入君怀袖,动摇微风发。常恐秋节至,凉飚②夺炎热。弃捐箧笥③中,恩情中道绝。(《文选》卷二七。《乐府诗集》卷四二。《古诗纪》卷一二。《汉诗》卷二。)

【题解】

诗作用扇子的命运来比喻女子的命运。扇子既有有用之时,又有毫无作用以至于被丢弃在箧笥之中时,象征女子的命运由盛转衰。

南朝梁钟嵘《诗品》:"《团扇》短章,辞旨清捷,怨深文绮,得匹妇之致。"

【注释】

①纨(wán)素:洁白精细的细绢。
②凉飚(biāo):亦作"凉飙",指秋风。
③箧笥(qiè sì):盛东西的方形竹器。

满歌行

其一

为乐未几时,遭时崄巇①,逢此百罹②。零丁荼毒③,愁苦难为。遥望极辰,天晓月移。忧来填心,谁当我知。戚戚多思虑,耿耿殊不宁。祸福无形,惟念古人,逊位躬耕。遂我所愿,以自宁。自鄙栖栖④,守此末荣⑤。暮秋烈风⑥,昔蹈沧海,心不能安。揽衣瞻夜,北斗阑干。星汉照我,去自无他⑦。奉事二亲,劳心可言。穷达天为,智者不愁,多为少忧。安贫乐道,师彼庄周。遗名⑧者贵,子遐⑨同游。往者二贤,名垂千秋。饮酒歌舞,乐复何须。照视日月,日月驰驱。辚轲⑩人间。何有何无。贪财惜费,此一何愚。凿石见火,居代几何?为当欢乐,心得所喜。安神养性,得保遐⑪期。
(《乐府诗集》卷四三。《广文选》卷一二。《古诗纪》卷一六。《汉诗》卷九。)

其二

为乐未几时,遭世崄巇。逢此百罹,零丁荼毒,愁懑难支。遥望辰极,天晓月移。忧来阗心,谁当我知。(一解)

戚戚多思虑,耿耿不宁。祸福无刑,唯念古人,逊位躬耕。遂我所愿,以兹自宁。自鄙山栖,守此一荣。(二解)

暮秋烈风起,西蹈沧海。心不能安,揽衣起瞻夜,北斗阑干。星汉照我,去去自无他。奉事二亲,劳心可言。(三解)

穷达天所为,智者不愁。多为少忧,安贫乐正道,师彼庄周。遗名者贵,子熙同巇。往者二贤,名垂千秋。(四解)

饮酒歌舞,不乐何须。善哉照观日月,日月驰驱,辚轲世间。何有何无,贪财惜费,此何一愚。命如凿石见火,居世竟能几时。但当欢乐自娱,尽心极所熙怡。安善养君德性,百年保此期颐。(五解)

(《宋书·乐志》。《乐府诗集》卷四三。《古诗纪》卷一六。《汉诗》卷九。)

【题解】

《满歌行》为大曲,大曲是有乐器演奏的大型舞曲。其完整形式由"艳""曲""趋"或"乱"三部分构成。但有的只用"曲",如《东门行》《雁门太守行》等;有的只用"艳—曲",如《步出夏门行》;有的只用"曲—趋",如《满歌行》《擢歌行》;有的只用"曲—乱",如《白头吟》。

《乐府诗集》引《乐府解题》:"古辞云:'为乐未几时,遭时崄巇。'其始言逢此百罹,零丁荼毒。古人逊位躬耕,遂我所愿。次言穷达天命,智者不忧。庄周遗名,名垂千载。终言命如凿石见火,宜自娱以颐养,保此百年也。"

《先秦汉魏晋南北朝诗》言:"《古诗纪》此曲先载本辞,后著奏曲,今依乐府移置。"诗作通过对自己满腹愁思的抒发,表达了对安贫乐道的生活的向往之情。

【注释】

①崄巇(xiǎn xī):比喻艰难,险恶。
②罹:忧患,苦难。百罹:诸多的苦难。
③荼毒:苦难和灾难。
④栖栖(xī xī):孤寂零落的样子。
⑤末荣:末梢的荣华。
⑥莫:同"暮"。烈风:秋风强劲。
⑦去自无他:指并无顾虑的离去。
⑧遗名:轻视功名。
⑨子遐:所指不详。

⑩轗轲(kǎn kē):同"坎坷",不得志,不顺利。
⑪遐:远。

淮南王篇

淮南王①,自尊言②,百尺高楼与天连。后园凿井银作床③,金瓶素绠汲寒浆④。汲寒浆,饮少年,少年窈窕何能贤。扬声悲歌音绝天。我欲度河河无梁⑤,愿化双黄鹄,还故乡。还故乡,入故里,徘徊故乡,苦身不已。繁舞寄声无不泰⑥,徘徊桑梓⑦游天外。(《宋书·乐志》。《晋书·乐志》。《乐府诗集》卷五四。《文选补遗》卷三四。《广文选》卷一二。《古诗纪》卷一六。《汉诗》卷九。)

【题解】

《乐府诗集》引《古今注》曰:"《淮南王》,淮南小山之所作也。淮南王服食求仙,遍礼方士,遂与八公相携俱去,莫知所往。小山之徒,思恋不已,乃作《淮南王曲》焉。"并引《乐府解题》曰:"古词云:'淮南王,自言尊。'实言安仙去。"

诗作言淮南王服药升仙而去。

【注释】

①淮南王:指淮南王刘安。《汉武帝故事》:"淮南王安好神仙,招方术之士,能为云雨。百姓传云:'淮南王得天子,寿无极。'帝心恶之,使觇王,云:'能致仙人,与共游处,变化无常,又能隐形飞行,服气不食。'帝闻而喜,欲受其道,王不肯传。帝怒,将诛焉。王知之,出令与群臣,因不知所之。"

②尊:地位高。言:语助词,无实义。

③床:井上的围栏。
④素绠(gěng):汲水桶上的绳索。汲:打水。寒浆:清凉的水。
⑤度:通"渡",过。《乐府诗集》作"渡"。梁:桥。
⑥繁舞:盛舞。寄声:用舞曲表达心意。《晋书》《文选补遗》作"奇歌"。泰:安,宁。
⑦桑梓:桑树和梓树是住宅边常种的树,因此以桑梓比喻家乡。

陬　操

周道衰微,礼乐陵迟①。文武既坠,吾将焉归。周游天下,靡邦可依。凤鸟不识,珍宝枭鸱②。眷然顾之,惨然心悲。巾车③命驾,将适唐都。黄河洋洋,攸攸之鱼。临津不济,还辕息鄹。伤予道穷,哀彼无辜。翱翔于卫,复我旧庐。从我所好,其乐只且。(《孔丛子·记问》。《乐府诗集》卷五八。《古诗纪》卷四。《汉诗》卷一一。)

【题解】

《陬操》,有弦无辞,《乐府诗集》作《将归操》,《诗纪前集》作《息鄹操》,孔子所作。

《孔子家语》称孔子"临河不济,还息于邹,作《陬操》",亦无歌辞。逯钦立《先秦汉魏晋南北朝诗》曰:"杨慎《风雅逸篇》杂凑四言六句,目为陬操,非是。"当为汉人整理。

【注释】

①陵迟:同"凌迟",衰落,衰败。《后汉书·杨震传》:"政事日堕,大化陵迟。"

②枭鸱:即"鸱枭",猛禽名,俗称猫头鹰。相传为食母鸟的恶鸟。
③巾车:有帷幕的车子。《孔丛子·记问》:"巾车命驾,将适唐都。"

猗兰操

习习①谷风,以阴以雨。之子于归,远送于野。何彼苍天,不得其所。逍遥九州,无有定处。世②人暗蔽,不知贤者。年纪迈逝,一身将老。(《琴操》上。《艺文类聚》卷八一。《太平御览》卷九八三。《乐府诗集》卷五八。朱文公校《昌黎先生集》注。《古诗纪》卷四。《汉诗》卷一一。)

【题解】

《猗兰操》,一曰《幽兰操》。

《乐府诗集》引《古今乐录》曰:"孔子自卫反鲁,见香兰而作此歌。"引《琴操》:"《猗兰操》者,夫孔子所作。孔子历聘诸侯,诸侯莫能任。自卫反鲁,隐谷之中,见香兰独茂,喟然叹曰:'兰当为王者香,今乃独茂,与众草为伍。'乃止车,援琴鼓之,……自伤不逢时,托辞于香兰云。"引《琴集》:"《幽兰操》,孔子所作也。"实汉人整理。

琴曲用谷风、阴雨来衬托自己的感伤之情,虽有万般喟叹,却依然向往兰草高洁的志趣。

【注释】

①习习:微风和煦的样子。
②世:《乐府诗集》作"时",注云:"一作世。"

履霜操

履朝霜兮采[①]晨寒,考不明其心兮听[②]谗言。孤恩别离[③]兮摧肺肝,何辜皇天兮遭斯愆[④]。痛殁不同兮恩有偏,谁说[⑤]顾兮知我冤。(《琴操》上。《世说新语·言语篇》注。《文选》卷一八《长笛赋》注。《初学记》卷二。《白帖》卷六。《太平御览》卷一四。《乐府诗集》卷五七。朱文公校《昌黎先生集》注引古乐府解题。《古诗纪》卷四。《汉诗》卷一一。)

【题解】

《履霜操》,《琴操》曰:"《履霜操》者,尹吉甫之子伯奇所作也。伯奇无罪,为后母谗而见逐,乃集芰荷以为衣,采楟花以为食。晨朝履霜,自伤见放,于是援琴鼓之而作此操。曲终,投河而死。"实汉人托之。

琴曲为伯奇自伤被放之辞。

【注释】

①采:刘师培《琴操补释》:"采字疑误。"
②听:《昌黎先生集》注作"信"。
③别离:《昌黎先生集》注作"离别"。
④愆:罪过,过失。《尚书·冏命》:"中夜以兴,思免厥愆。"
⑤谁说:《古诗纪》作"谁能流"。

贞女引

菁菁[①]茂木,隐独荣兮。变化垂枝,合秀[②]英兮。修身养行,建令[③]名兮。厥道不移[④],善恶并兮。屈躬就浊⑤,世彻清兮。怀忠见疑,何贪生兮。(《琴操》上。《后汉书·卢植传》注。《乐府诗集》卷五八作《处女吟》。《古诗纪》卷四。《汉诗》卷一一。)

【题解】

《贞女引》,《琴操》:"《处女吟》,鲁处女所作也。"《古今乐录》:"鲁处女见女贞木而作歌,亦谓之《女贞木歌》。"

《列女传·鲁漆室女》载:"漆室女者,鲁漆室邑之女也,过时未适人。当穆公时,君老,太子幼,女倚柱而啸,旁人闻之,莫不为之惨者。其邻人妇从之游,谓曰:'何啸之悲也?子欲嫁耶?吾为子求偶。'漆室女曰:'嗟乎!始吾以子为有知,今无识也。吾岂为不嫁不乐而悲哉!吾忧鲁君老,太子幼。'邻妇笑曰:'此乃鲁大夫之忧,妇人何与焉!'漆室女曰:'不然,非子所知也。昔晋客舍吾家,系马园中,马佚驰走,践吾葵,使我终岁不食葵。邻人女奔,随人亡,其家倩吾兄行追之。逢霖水出,溺流而死,令吾终身无兄。吾闻河润九里,渐洳三百步。今鲁君老悖,太子少愚,愚伪日起。夫鲁国有患者,君臣父子皆被其辱,祸及众庶,妇人独安所避乎!吾甚忧之。子乃曰妇人无与者,何哉!'邻妇谢曰:'子之所虑,非妾所及'。三年,鲁果乱,齐楚攻之,鲁连有寇,男子战斗,妇人转输,不得休息。君子曰:'远矣,漆室女之思也!'诗云:'知我者,谓我心忧,不知我者,谓我何求',此之谓也。颂曰:'漆室之女,计虑甚妙,维鲁且乱,倚柱而啸,君老嗣幼,愚悖奸生,鲁果扰乱,齐伐其城。'"

琴曲言鲁处女舍生取义,终保全人格操守的至高境界。

【注释】

①菁菁(jīng jīng):形容草木茂盛。

②合:含。秀:形容植物茂盛。

③令:美好。

④移:《乐府诗集》《古诗纪》注:"一作积"。

⑤屈躬就浊:指屈形体,顺从心意。

箕山操

登彼箕山[①]兮,瞻望天下。山川丽崎,万物还普[②]。日月运照,靡不记睹。游放其间,何所却虑。叹彼唐尧,独自愁苦。劳心九州,忧勤后土。谓余钦明,传禅易祖。我乐如何,盖不盼顾。河水流兮缘高山,甘瓜施兮弃绵蛮[③]。(《琴操下》。《太平御览》卷五七一引《古今乐录》。《汉诗》卷一一。)

【题解】

《箕山操》,汉乐府题名,《古诗纪》作《引声歌》,许由作所。

《琴操》:"《箕山操》者,许由作也。许由者,古之贞固之士也。尧时为布衣,夏则巢居,冬则穴处,饥则仍山而食,渴则仍河而饮,无杯器,常以手捧水而饮之。人见其无器,以一瓢遗之。由操饮毕,以瓢挂树,风吹树动,历历有声。由以为烦扰,遂取损之。以清节闻于尧,尧大其志,乃遣使以符玺禅为天子。于是许由喟然叹曰:'匹夫结志,固如盘石。采山饮河,所以养性,非以求禄位也;放发优游,所以安已不惧,非以贪天下也。'使者还,以状报尧。尧知由不可动,亦已矣。于是许由以使者言为不善,乃临河洗耳。樊坚见由方洗耳,问之:'耳有何垢乎?'由曰:'无垢,闻恶语耳。'坚曰:'何等语者?'由曰:'尧聘吾为天子。'坚曰:'尊位何为恶之?'由曰:'吾志在青云,何乃劣劣为九州伍长乎?'于是樊坚方且饮牛,闻其言而去,耻饮于下流。于是许由名布四海。尧既殂落,乃作《箕山之歌》。"

琴曲记许由不受帝尧之聘,隐居箕山之事。

【注释】

①箕山:相传帝尧时隐士巢父居山不出,年老以树为巢,寝其上,帝

尧以天下让之,不受。又让许由,许由亦不受,隐居箕山。后因以"箕山之志"为隐居全节之称,"箕山之志"也称"箕山之操"。

②还普:指周遍。

③弃绵蛮:刘师培《琴操补释》:"'弃绵蛮'三字不可通,乃'叶绵蛮'之讹。"

文王受命

翼翼翱翔①,彼鸾②皇兮。衔书来游,以命③昌兮。瞻天案图,殷将亡兮。苍苍昊④天,始有萌兮。神连精合,谋于房⑤兮。与我之业⑥,望羊来⑦兮。(《琴操》上。《乐府诗集》卷五七及《古诗纪》卷四作《文王操》。《艺文类聚》卷一二、《太平御览》卷八四所引均无末句。《汉诗》卷一一。)

【题解】

《文王受命》,汉乐府题名,《乐府诗集》《诗纪前集》作《文王操》,传为周文王所作。属于《琴曲歌辞》。

《琴操》:"受命者,谓文王受天命而王。文王以纣时为岐侯,躬修道德,执行仁义,百姓亲附。是时纣为无道,刳胎斩涉,废坏三仁,天统易运,诸侯瓦解,皆归文王。其后有凤凰衔书于文王之郊。文王以殷帝无道,虐乱天下,皇命已移,不得复久,乃作《凤凰之歌》。"

琴曲言文王受天命而王,躬修道德,执行仁义。

【注释】

①翱翔:《艺文类聚》《太平御览》作"翔翔"。

②彼:《太平御览》无此字。鸾:原注:"一作凤。"《乐府诗集》《古诗纪》作"凤"。

③命:《乐府诗集》作"会"。《古诗纪》同,并注:"一作命。"

④昊:《太平御览》作"皓"。《乐府诗集》作"之"。《古诗纪》同,注云:"一作昊。"

⑤神连精合,谋于房:《太平御览》作"五神连精合谋房。"《乐府诗集》《古诗纪》同。《古诗纪》注:"一作'精连神合谋于房'。"

⑥与:《乐府诗集》《古诗纪》作"兴"。业:受命之业。

⑦羊来:《古诗纪》作"来羊"。

芑梁妻歌

乐莫乐兮新相知,悲莫悲兮生别离①,哀感皇天城为坠②。(《琴操》上。《水经·沭水注》。《太平御览》卷一九二。《古诗纪》卷四。《汉诗》卷一一。)

【题解】

《芑梁妻歌》,汉乐府题名,齐邑芑梁殖之妻所作。齐侯袭莒、杞梁死之事,见《左传·左襄二十三年》。《礼记·檀弓》《韩诗外传》只载杞梁妻哭夫之事,并无哭城与城崩之说。《列女传》《说苑》始称杞梁死,其妻向城哭而城崩。

《琴操》:"庄公袭莒,殖战而死,妻叹曰:'上则无父,中则无夫,下则无子,外无所依,内无所倚,将何以立?吾节岂能更二哉?亦死而已矣!'于是乃援琴而鼓之。"

逯钦立《先秦汉魏晋南北朝诗》:"知歌辞之作,必在前汉以后也。"又崔豹《古今注》谓《杞梁妻歌》乃杞梁妻妹明月所作,与此当不同。

琴曲言亡夫之悲。

【注释】

①语出屈原《九歌·少司命》。

②指杞梁妻哭声感动上天,而城墙崩塌之事。

霍将军歌

四夷既获[①],诸夏康兮。国家安宁,乐无央兮。载戢干戈,弓矢藏兮。麒麟来臻,凤皇翔兮。与天相保,永无疆兮。亲亲百年,各延长兮。(《琴操》下。《乐府诗集》卷六〇。《广文选》卷一四。《古诗纪》卷一二。《汉诗》卷一一。)

【题解】

《霍将军歌》,《乐府诗集》《对床夜语》《广文选》中作《琴歌》,霍去病所作。

《琴操》:"去病为讨寇校尉,为人少言,勇而有气,使击匈奴,斩首二千。复六出,斩首千余万级,益封万五千户、侯禄、大将军等。于是志得意欢,乃援琴而歌之。"《乐府诗集》引《古今乐录》:"霍将军去病益封万五千户,秩禄与大将军等,于是志得意欢而作歌。"

琴歌言霍去病大胜匈奴,国家安宁。

【注释】

①四夷:指对古代统治者对四方少数民族的蔑称。即指东夷、西戎、南蛮、北狄。《孟子·梁惠王上》:"欲辟土地,朝秦楚,莅中国,而抚四夷也。"获:取,得。

怨旷思惟歌

秋木萋萋,其叶萎黄[①]。有鸟处山,集于苞桑[②]。养育毛羽,形[③]容生光。既得升云,获侍[④]帷房。离宫绝旷,身体摧藏⑤。志念抑沉⑥,不得颉颃⑦。虽得喂食⑧,心有徊徨。我独伊何,改往变常。翩翩之燕,远集西羌⑨。高山峨峨⑩,河水泱泱⑪。父兮母兮,道里悠长⑫。呜呼哀哉,忧心恻伤。(《琴操》下。《艺文类聚》卷三〇。《乐府诗集》卷五九。《广文选》卷九。《古诗纪》卷一二。《汉诗》卷一一。)

【题解】

《怨旷思惟歌》,《乐府诗集》中作《昭君怨》,《古诗纪》中作《怨诗》,传为西汉王嫱所作。

《琴操》:"昭君年十七时,颜色皎洁,闻于国中。襄见昭君端正闲丽,未尝窥看门户,以其有异于人,求之皆不与。献于孝元帝。以地远,既不幸纳,叨备后宫。积五六年,昭君心有怨旷,伪不饰其形容。元帝每历后宫,疏略不过其处。后单于遣使者朝贺,元帝陈设倡乐,乃令后宫妆出。昭君怨恚日久,不得侍列,乃更修饰,善妆盛服,形容光晖而出。俱列坐,元帝谓使者曰:'单于何所愿乐?'对曰:'珍奇怪物,皆悉自备。唯妇人丑陋,不如中国。'帝乃问后宫,欲以一女赐单于,谁能行者起。于是昭君喟然越席而前曰:'妾幸得备在后宫,粗丑卑陋,不合陛下之心,诚愿得行。'时单于使者在旁,帝大惊,悔之不得复止。良久,太息曰:'朕已误矣!'遂以与之。昭君至匈奴,单于大悦,以为汉与我厚,纵酒作乐。遣使者报汉,送白璧一双,骏马十匹,胡地珠宝之类。昭君恨帝始不见遇,心思不乐,心念乡土,乃作《怨旷思惟歌》。"

逯钦立《先秦汉魏晋南北朝诗》:"《书钞》引此谓出《汉书》,恐误。又昭君本入匈奴,而歌辞则谓远集西羌,地理不合,后汉外患在羌,作者遂率笔及之也。"

琴歌言昭君怨汉帝不遇之悲。

【注释】

①萎黄:发黄枯槁。

②苞桑:丛生的桑树,也作"包桑"。《诗经·唐风·鸨羽》:"肃肃鸨行,集于苞桑。"
③形:《古诗纪》:一作"仪"。
④获侍:《乐府诗集》《广文选》《古诗纪》作"上游"。
⑤摧藏:摧伤,挫伤。
⑥抑沉:抑郁。
⑦颉颃(xié háng):指鸟上下自由飞翔。
⑧喂食:养,喂养。
⑨西羌:居住在西部的羌族。
⑩峨峨:形容高峻的样子。
⑪泱泱:水深广的样子。《诗经·小雅·瞻彼洛矣》:"瞻彼洛矣,维水泱泱。"
⑫道里悠长:指道路漫长。

饭牛歌

南山矸①,白石烂,生不逢尧与舜禅,短而单衣裁至骭②,长夜漫漫何时旦③。(《琴操补遗》。《艺文类聚》卷九四。《古诗纪》卷一。《汉诗》卷一一。)

【题解】

《饭牛歌》,一作《南山歌》,宁戚所作。《琴操补遗》:"宁戚饭牛车下,叩角而商歌。……齐桓公闻之,举以为相。"

逯钦立《先秦汉魏晋南北朝诗》:"《淮南子》注及《三齐略记》《琴操》等始出七言《饭牛歌》,可知皆汉人伪托,各歌大同小异。"今依之,并附录如下。

琴歌言不遇明主而愁苦的心情。

【注释】

①矸(gān):山石白净的样子。
②骭(gàn):胫,小腿的位置。
③旦:天亮。

水仙操

繄洞渭兮流澌濩①,舟楫逝兮仙不还。移形素兮蓬莱山,歍钦②伤宫仙石还。(《古诗纪》卷四。《汉诗》卷一一。)

【题解】

《水仙操》,传为伯牙所作。

《琴操》:"伯牙学琴于成连先生,先生曰:'吾能传曲,而不能移情。吾师有方子春者,善于琴,能作人之情,今在东海上。子能与我同事乎?'伯牙曰:'夫子有命,敢不敬从。'乃相与至海上,见子春受业焉。乃与伯牙俱往,至蓬莱山,留伯牙曰:'子居习之,吾将迎之。'刺船而去。旬时,伯牙延望无人,但闻海水洞涌,山林杳冥,怆然叹曰:'先生移我情矣!'乃援琴而歌,作《水仙之操》。"

逯钦立《先秦汉魏晋南北朝诗》:'各书所引《琴操》仅载伯牙学琴事,不言有歌辞。《乐府诗集》辑录古今琴曲亦不及此操,知《琴苑要录》此辞乃后人依托也。"

琴曲言伯牙学琴之事。

【注释】

①繄(yì):掩。澌濩(sī huò):指水流声。
②歍钦(wū qīn):指悲叹之声。

思归引

涓涓^①泉水,流及于淇^②兮。有怀于卫,靡日不思。执节不移兮行不隳^③,砱轲^④何辜兮离厥菑^⑤,嗟乎何辜兮离厥菑。(《古诗纪》卷四。《风雅逸篇》卷二引淇、思、随、茨四韵。《汉诗》卷一一。)

【题解】

《思归引》,汉乐府题名,传为卫女所作。

《琴操》:"卫侯有贤女,邵王闻其贤而请聘之,未至而王薨。太子曰:'吾闻齐桓公得卫姬而霸。今卫女贤,欲留。'大夫曰:'不可。若女贤,必不我听;若听,必不贤。不可取也。'太子遂留之,果不听。拘于深宫,思归不得,心悲忧伤,遂援琴而作歌,曰:'涓涓泉水,流反于淇兮。有怀于卫,靡日不思。执节不移兮,行不诡随。坎坷何辜兮离厥。'曲终,缢而死。"

逯钦立《先秦汉魏晋南北朝诗》:"古曲有弦无歌,乃作乐辞云云。又《琴操》此引亦有序无歌,据此本篇显系后人依托。"今附录之,以备核查。

琴曲言卫女思归而不得。

【注释】

①涓涓:细水慢流的样子。

②淇:指淇水,东流入卫。

③隳(huī):毁,毁坏。

④砱(jīn)轲:《风雅逸篇》作"坎坷"。

⑤菑:《风雅逸篇》作"茨"。

琴 引

　　酒坐俱勿往,听吾琴之所言。舒长袖似舞兮乃褕袂何曼,奏章而却逢兮愿瞻心之所欢。借连娟之寒态兮假卮酒酌五般,泣喻而妖兮纳其声声丽颜。长噏兮叹曰骑,美人旖旎①纷噏。柂霜罗衣兮羽舣②,夜褒圭玉珠参差。妙丽兮被云髾③肖,登高台兮望青挨,常羊啖还何厌兮归来④。(《古诗纪》卷四。《汉诗》卷一一。)

【题解】

　　《琴引》,汉乐府题名,秦时屠门高所作。

　　《琴操》:"秦时采天下美女以充后宫,幽愁怨旷,咸致灾异。屠门高为之作琴引以谏焉。"

　　逯钦立《先秦汉魏晋南北朝诗》:"与《琴苑要录》所言旨意不同,而此歌亦非谏辞,知必为《琴操》以后伪作也。"今附录之,以备核查。

　　琴曲言美酒佳人之乐。

【注释】

　　①旖旎(yǐ nǐ):形容女子美丽的样子。

　　②柂(yì):船舷。疑误。舣:逯钦立《先秦汉魏晋南北朝诗》:"当是'麾'之讹字"。

　　③髾(shāo):古代妇女衣服上形如燕尾的装饰。《汉书·司马相如传上》:"扮扮褉褉,扬袘戌削,蜚襳垂髾。"

　　④《古诗纪》:"字讹不可读,俟再考正。"故不注释。

岐山操

狄戎侵兮土地迁移①,邦邑兮适于岐②。烝民③不忧兮谁者知,嗟嗟奈何④予命遭斯。(《琴操》上。《古诗纪》卷四。《汉诗》卷一一。)

【题解】

《岐山操》,汉乐府题名,传为周太王古公亶父之所作。

《琴操》:"太王居邠,狄人攻之,仁恩恻隐,不忍流血,选练珍宝犬马皮币束帛与之。狄侵不止。问其所欲,得土地也。太王曰:'土地者,所以养万民也。吾将委国而去矣,二三子亦何患无君?'遂杖策而出,窬乎梁而邑乎岐山。自伤德劣,不能化夷狄,为之所侵,喟然叹息,援琴而鼓之。"

逯钦立《先秦汉魏晋南北朝诗》:"《乐府诗集》五十七载韩愈《岐山操》而不著此歌。题注又引《琴操》曰:《岐山操》,周公为太王作也。是知唐宋之间此操尚有弦无辞。共序语与《琴苑要录》亦不同。《琴苑》此歌必为后世依托无疑。……查此序文与《乐府》所引《琴操》不同,而全袭《大周正乐》之文。《大周正乐》乃唐时乐录,不能以之代《琴操》,至于歌辞乃沿用《琴苑要录》。据此今本《琴操》乃后世辑缀而成,已非书之原貌,不得据之谓《岐山操》为后汉前之作。"今附录之,以备核查。

琴曲言周太王为不能感化夷狄而自伤。

【注释】

①迁移:《琴操》作"移迁"。

②适:往。岐:《古诗纪》下有"山"字。

③烝民:众民,百姓,亦作"蒸民"。《诗经·大雅·烝民》:"天生烝民,有物有则。"

④兮:《古诗纪》下有"兮"字。

大风起

刘 邦

大风起兮云飞扬,威加海内兮归故乡,安得猛士兮守四方。(《乐府诗集》卷五八。《史记》卷八。《汉书》卷一。《艺文类聚》卷四三。《太平御览》卷八。《古谣谚》卷四。《汉诗》卷一。)

【题解】

《大风起》,汉乐府题名,一曰《大风歌》,汉高祖刘邦所作。在《乐府诗集》中属于《琴曲歌辞》。

《汉书·礼乐志》:"初,高祖既定天下,过沛,与故人父老相乐,醉酒欢食,作《风起》之诗,令沛中僮儿百二十人,习而歌之。"

琴曲言得猛士守国家之豪情。

胡笳十八拍

蔡 琰

【题解】

《胡笳十八拍》,汉乐府题名,相传为蔡琰所作,在《乐府诗集》中属于《琴曲歌辞》。

唐刘商《胡笳曲序》:"蔡文姬善琴,能为《离鸾别鹤之操》。胡虏犯中原,为胡人所掠,入番为王后,王甚重之。武帝与邕有旧,敕大将军赎以归汉。胡人思慕文姬,乃卷芦叶为吹笳,奏哀怨之音。后董生以琴写胡笳声为十八拍,今之《胡笳弄》是也。"后人认为《胡笳十八拍》或为蔡琰所作,或为刘商所作,争论不一。今附录之,以备核查。

一拍

我生之初尚无为,我生之后汉祚衰。天不仁兮降乱离,地不仁兮使我逢此时。干戈日寻兮道路危,民卒流亡兮共哀悲。烟尘蔽野兮胡虏盛①,志意乖兮节义亏。对殊俗兮非我宜,遭恶辱兮当告谁。笳一会②兮琴一拍,心愤怨兮无人知。

【注释】

①胡虏盛:指匈奴气焰嚣张。
②一会:一段。

二拍

戎羯①逼我兮为室家,将我行兮向天涯。云山万重兮归路遐,疾风千里兮扬尘沙。人多暴猛兮如虺蛇②,控弦③被甲兮为骄奢。两拍张悬兮弦欲绝,志摧心折兮自悲嗟。

【注释】

①戎羯(róng jié):古戎族与羯族,此处当是偏义词,语意偏向羯,蔡文姬被南匈奴左贤王所虏。
②虺(huǐ)蛇:毒蛇。
③控弦:指拉弓。

三拍

越①汉国兮入胡城,亡家②失身兮不如无生。毡裘③为裳兮骨肉震惊,羯膻为味兮枉遏④我情。鞞鼓⑤

喧兮从夜达明,胡风浩浩兮暗塞营。伤今感昔兮三拍成,衔悲畜恨兮何时平。

【注释】

①越:指离开。
②亡家:丧家。
③毡裘:动物的皮毛所制。
④遏:阻。
⑤鞞(pí)鼓:军中所用的乐鼓。

四拍

无日无夜兮不思我乡土,禀气合生①兮莫过我最苦。天灾国乱兮人无主,唯我薄命兮没戎虏。俗殊心异兮身难处,嗜欲不同兮谁可与语。寻思涉历兮多艰阻,四拍成兮益凄楚。

【注释】

①禀气合生:即"禀气含生"。《论衡·命义》:"人禀气而生,含气而长。"

五拍

雁南征兮欲寄边心①,雁北归兮为得汉音。雁飞高兮邈难寻,空断肠兮思愔愔②。攒眉③向月兮抚雅琴,五拍泠泠④兮意弥深。

【注释】

①边心:怀归之心。
②愔愔(yīn yīn):幽深的样子。
③攒眉:皱眉头。

④泠泠(líng líng):冷清的样子。

六拍

　　冰霜凛凛兮身苦寒,饥对肉酪兮不能餐。夜间陇水兮声呜咽,朝见长城兮路杳漫。追思往日兮行李①难,六拍悲来兮欲罢弹。

【注释】

①行李:指行旅。

七拍

　　日暮风悲兮边声四起,不知愁心兮说向谁是。原野萧条兮烽戍①万里,俗贱老弱兮少壮为美。逐有水草兮安家葺垒,牛羊满地兮聚如蜂蚁。草尽水竭兮羊马皆徙,七拍流恨兮恶②居于此。

【注释】

①烽戍:置有烽燧、驻有兵将的地方。
②恶(wū):何。

八拍

　　为天有眼兮何不见我独漂流,为神有灵兮何事处我天南海北头?我不负天兮天何配我殊匹①?我不负神兮神何殛②我越荒州?制兹八拍兮拟排忧,何知曲成兮心转愁。

【注释】

①殊匹:指文姬在匈奴的配偶左贤王。

②殪:杀。

九拍

天无涯兮地无边,我心愁兮亦复然。人生倏忽①兮如白驹之过隙,然不得欢乐兮当我之盛年。怨兮欲问天,天苍苍兮上无缘。举头仰望兮空云烟,九拍怀情兮谁与传。

【注释】

①倏(shū)忽:一转眼。

十拍

城头烽火不曾灭,疆场征战何时歇。杀气朝朝冲塞门①,胡风夜夜吹边月。故乡隔兮音尘绝,哭无声兮气将咽。一生辛苦兮缘别离,十拍悲深兮泪成血。

【注释】

①塞门:指边关。

十一拍

我非贪生而恶死,不能捐身兮心有以①。生仍冀得兮归桑梓,死当埋骨兮长已矣。日居月诸②兮在戎垒,胡人宠我兮有二子。鞠之育之兮不羞耻,愍之念之兮生长边鄙。十有一拍兮因兹起,哀响缠绵兮彻心髓。

【注释】

①捐身:丧身。有以:有因。
②日居月诸:语出《诗经·邶风·柏舟》。指光阴的流逝。

十二拍

东风应律①兮暖气多,知是汉家天子兮布阳和。羌胡蹈舞兮共讴歌,两国交欢兮罢兵戈。忽遇汉使兮称近诏,遗千金兮赎妾身。喜得生还兮逢圣君,嗟别稚子兮会无因。十有二拍兮哀乐均,去住两情兮难具陈。

【注释】

①应律:应黄钟十二律,指岁时与节气相合。

十三拍

不谓①残生兮却得旋归,抚抱胡儿兮泣下沾衣。汉使迎我兮四牡骓骓②,胡儿号兮谁得知?与我生死兮逢此时,愁为子兮日无光辉,焉得羽翼兮将汝归。一步一远兮足难移,魂消影绝兮恩爱遗。十有三拍兮弦急调悲,肝肠搅刺兮人莫我知。

【注释】

①不谓:不料,指意想不到。
②骓骓(fēi fēi):《毛传》:"骓骓,行不止之貌。"

十四拍

身归国兮儿莫之随,心悬悬兮长如饥。四时万物兮有盛衰,唯我愁苦兮不暂移。山高地阔兮见汝无期,更深夜阑兮梦汝来斯。梦中执手兮一喜一悲,觉后痛吾心兮无休歇时。十有四拍兮涕泪交垂,河水东流兮心是思。

十五拍

十五拍兮节调促,气填胸兮谁识曲?处穹庐兮偶殊俗。愿得归来兮天从欲,再还汉国兮欢心足。心有怀兮愁转深,日月无私兮曾不照临。子母分离兮意难怪,同天隔越兮如商参,生死不相知兮何处寻。

十六拍

十六拍兮思茫茫,我与儿兮各一方。日东月西兮徒相望,不得相随兮空断肠。对萱草①兮忧不忘,弹鸣琴兮情何伤。今别子兮归故乡,旧怨平兮新怨长。泣血仰头兮诉苍苍,胡为生兮独罹此殃。

【注释】

①萱草:宿根草本植物,亦称"忘忧草"。

十七拍

十七拍兮心鼻酸,关山阻修兮行路难。去时怀土兮心无绪,来时别儿兮思漫漫。塞上黄蒿兮枝枯叶干,沙场白骨兮刀痕箭瘢。风霜凛凛①兮春夏寒,人马饥豗②兮筋力单。岂知重得兮入长安,叹息欲绝兮泪阑干。

【注释】

①凛凛(lǐn lǐn):寒冷的样子。
②豗(huī):同"虺",病。此处指马疲病不堪。

十八拍

胡笳本自出胡中,缘①琴翻出音律同。十八拍兮曲虽终,响有余兮思无穷。是知丝竹微妙兮均造化之功,哀乐各随人心兮有变则通。胡与汉兮异域殊风,天与地隔兮子西母东。苦我怨气兮浩于长空,六合虽广兮受之应不容。(《乐府诗集》卷五九。《文选补遗》卷三四。《古诗纪》卷一四。)

【注释】

①缘:因。

琴歌 二首

司马相如

其一

凤兮凤兮归故乡,遨游四海求其皇①。
时未通遇无所将,何悟今夕兮升斯堂。
有艳淑女在此方,室迩人遐毒②我肠。

其二

皇兮皇兮③从我栖,得托字尾④永为妃。
交情通体心和谐,中夜相从知者谁。
双翼俱起翻高飞,无感我思使余悲。

(《玉台新咏》卷九。《乐府诗集》卷六〇。《古诗纪》卷一二。《汉诗》卷一。)

【题解】

《琴歌》二首,西汉司马相如所作。

《乐府诗集》引《琴集》:"'司马相如客临邛,富人卓王孙有女文君新寡,窃于壁间见之。相如以琴心挑之,为《琴歌》二章。'按,《汉书》:相如饮卓氏弄琴,文君窃从户窥,心悦而好之。乃夜亡奔相如,相如与驰归成都,后俱如临邛是也。"

【注释】

①皇:即"凰"。凤凰之名,雄为凤,雌为凰。

②毒:苦。《乐府诗集》下有"何缘交颈为鸳鸯,胡颉颃兮共翱翔"句。

③皇兮皇兮:《乐府诗集》作"凤兮凤兮"。

④字尾:同"孳尾",指凤凰繁衍生息之意。

蛱蝶行

蛱蝶之①遨游东园,奈何卒逢②三月养子燕,接我苜蓿③间。持④之我入紫深宫中⑤,行缠之,传欂栌⑥间。雀⑦来燕,燕子见衔哺来,摇头鼓翼,何轩奴⑧轩。(《乐府诗集》卷六一。《古诗纪》卷一七。《初学记》卷三〇。《锦绣万花谷》后四〇引园、燕、间三韵。《汉诗》卷一〇。)

【题解】

蛱蝶行,汉乐府题名,在《乐府诗集》中属于《杂曲歌辞》。

歌辞以蝴蝶被燕子吞食的遭遇,来指代现实中劳动人民的不幸。

【注释】

①蛱(jiá)蝶:蝴蝶的一种。一作"蜨蝶"。蛱蝶之:《初学记》《锦绣万花谷》作"蝶游蝶"。

②卒逢:《初学记》《锦绣万花谷》作"未还"。

③苜蓿(mù xu):一种牧草,多年生草本植物。

④持:《古诗纪》作"披"。

⑤我:《初学记》作"戏"。逯钦立《先秦汉魏晋南北朝诗》:"'持之我入紫深宫中句'有倒误,当作'持之我入此深宫中',或作'持之我深入紫宫中'。"

⑥传:《乐府诗集》作"傅"。欂(bó)栌:指斗拱,柱顶上承托栋梁的方木。《淮南子·本经训》:"标林欂栌,以相支持。"

⑦雀:《乐府诗集》注曰:"疑误"。

⑧奴:《乐府诗集》注曰:"疑衍"。

梁甫吟

步出齐城①门,遥望荡阴②里。里中③有三墓,累累正④相似。问是谁家墓⑤,田疆、古冶子⑥。力能排南山,文能绝地纪⑦。一朝被谗言,二桃杀三士⑧。谁能为此谋⑨,国相⑩齐晏子。(《草堂诗笺》卷一。《文选补遗》卷三四。《西溪丛话》上。《广文选》卷一三。《古诗纪》卷一四。《汉诗》卷一〇。)

【题解】

《梁甫吟》,汉乐府题名,关于此篇名称:王僧虔《技录》作《梁甫吟

129

行》;《艺文类聚》《沧浪诗话》作《梁父吟》;《古文苑》作《古梁父吟》;《古诗纪》作《诸葛亮梁甫吟》。关于作者:《琴操》《琴说》曰:"曾子撰。"《艺文类聚》《乐府诗集》均题蜀诸葛亮作;《古文苑》不题诸葛亮名字。

梁甫,山名,在泰山下。《乐府诗集》引《琴操》曰:"曾子耕太山之下,天雨雪冻,旬月不得归,思其父母,作《梁山歌》……。按:梁甫,山名,在泰山下。《梁甫吟》,盖言人死葬此山,亦葬歌也。"

本篇在《乐府诗集》中本属于《相和歌辞》。逯钦立《先秦汉魏晋南北朝诗》:"《梁甫吟》不始于孔明,而此辞亦与孔明无关,将其归入《杂曲歌辞》,今附入汉杂曲歌辞中。"今亦附录之,以备核查。

【注释】

①齐城:指临淄,在今山东淄博临淄城北。

②遥:一作"追"。荡阴:一作"阴阳"。

③中:一作"内"。

④正:一作"皆"。

⑤问是:《太平御览》《太平寰宇记》《草堂诗笺》作"借问"。墓:《草堂诗笺》作"冢"。

⑥疆:一作"开"。古冶:《沧浪诗话》作"固野"。子:《草堂诗笺》《西溪丛话》作"氏"。《古诗纪》云:"一作氏"。

⑦文:《西溪丛话》作"又",当是。纪:《古诗纪》云:"一作理。"

⑧二桃杀三士:本故事最早见于《晏子春秋》。

⑨谋:《西溪丛话》作"诔",误。

⑩国相:《西溪丛话》作"相国",误。

悲　歌

悲歌可以当①泣,远望可以当归。思念故乡,郁郁累累②。欲归家无人,欲渡河无船,心思不能言,肠中车轮转。(《乐府诗集》卷六二。《文选补遗》卷三六。《广文选》卷一二。《古诗纪》卷一七。《风雅翼》卷一〇。《汉诗》卷一〇。)

【题解】

悲歌,汉乐府题名,在《乐府诗集》中属于《杂曲歌辞》。

诗作主题是游子思乡而发出的悲切吟歌,游子无限的思念家乡却不得归的主要原因是"欲归家无人,欲渡河无船"。言游子无船返回家乡以及前途无路可寻的悲哀。

【注释】

①当(dàng):当作。

②郁郁累累:此处指故乡的树木繁盛连绵的样子。

羽林郎

辛延年

昔有霍家奴①,姓冯名子都。依倚将军势,调笑酒家胡。胡姬年十五,春日独当垆。长裾②连理带,广袖合欢襦。头上蓝田玉,耳后大秦珠。两鬟何窈窕,一世良所无。一鬟五百万,两鬟千万余。不意金吾子③,娉婷过我庐。银鞍何昱爚④,翠盖空踟蹰。就我求清酒,丝绳提玉壶。就我求珍肴,金盘脍鲤鱼。贻我青铜镜,结我红罗裾。不惜红罗裂,何论轻贱躯。男儿爱后妇,女子重前夫。人生有新故,贵贱不相逾。多谢金吾子,私爱徒区区⑤。(《玉台新咏》卷一。《乐府诗集》卷六三。《古诗纪》卷一四。《汉诗》卷七。)

【题解】

羽林郎,汉乐府题名,东汉辛延年所作,在《乐府诗集》中属于《杂曲歌辞》。

《汉书·百官公卿表》:"羽林掌送从,次期门,武帝太初元年初置,名曰建章营骑,后更名羽林骑。又取从军死事之子孙养羽林,官教以五兵,号曰羽林孤儿。羽林有令丞。宣帝令中郎将、骑都尉监羽林,秩比二千石。仆射,秦官,自侍中、尚书、博士、郎皆有。古者重武官,有主射以督课之,军屯吏、驺、宰、永巷宫人皆有,取其领事之号。"

歌辞言霍家之奴调戏卖酒胡姬的故事,人物形象一正一反,胡姬的美丽机智与霍家奴的荒淫无耻形成了鲜明的对比,表达了对淳朴人民的赞美以及对无耻官吏的讽刺。

【注释】

①奴:《乐府诗集》作"姝",误,今据《古乐府》改。
②裾:指衣服的前襟。
③金吾子:古代对金吾官员的泛称,用来表示尊敬。
④昱:《乐府诗集》:"一作煜。"爠(yuè):耀眼的样子。
⑤区区:指真诚、恳切的样子。

董娇娆

宋子侯

洛阳城东路,桃李生路旁。花花自相对,叶叶自相当。春风东北起,花叶正低昂。不知谁家子,提笼行采桑。纤手折其枝,花落何飘飏①。请谢②彼姝子:"何为见损伤?""高秋八九月,白露变为霜。终年会飘堕,安得久馨香?""秋时自零落,春月复芬芳。何时③盛年去,欢爱④永相忘。"吾欲竟此曲,此曲愁人肠。归来酌美酒,挟瑟上高堂。(《玉台新咏》卷一。《乐府诗集》卷七三。《古诗纪》卷一四。《汉诗》卷七。)

【题解】

《董娇娆》,始见于《玉台新咏》。

歌辞以桃李之花来比喻人,秋季花朵零落来比喻女子色衰爱弛,对女子的悲惨命运表示出深刻的同情。

【注释】

① 飘飏:即"飘扬",飘飞的样子。
② 谢:指道歉,认错。
③ 何时:《艺文类聚》卷八八作"何如"。
④ 爱:《艺文类聚》作"好"。

古诗为焦仲卿妻作 并序

汉末建安中,庐江①府小吏焦仲卿妻刘氏,为仲卿母所遣,自誓不嫁。其家逼之,乃投水而死。仲卿闻之,亦自缢於庭树。时人②伤之,为诗云尔。

孔雀东南飞,五里一徘徊。

"十三能织素③,十四学裁衣。十五弹箜篌,十六诵诗书。十七为君妇,心中常苦悲。君既为府吏,守节情不移。贱妾留空房,相见常日稀。鸡鸣入机织,夜夜不得息。三日断五疋,大人④故嫌迟。非为织作迟,君家妇难为。妾不堪驱使,徒留无所施。便可白公姥,及时相遣归。"

府吏得闻之,堂上启⑤阿母:"儿已薄禄相,幸复得此妇。结发同枕席,黄泉共为友。共事⑥二三年,始尔未为久。女行无偏斜,何意致不厚⑦?"

阿母谓府吏:"何乃太区区⑧。此妇无礼节,举动自专由。吾意久怀忿,汝岂得自由。东家有贤女,自名秦罗敷。可怜⑨体无比,阿母为汝求。便可速遣之,遣去慎莫留。"

府吏长跪告⑩:"伏惟启阿母。今若遣此妇,终老不复取。"

阿母得闻之,槌床便大怒:"小子无所畏,何敢助妇语。吾已失恩义,会不相从许。"

府吏默无声,再拜还入户。举言谓新妇,哽咽不能语。"我自不驱卿,逼迫有阿母。卿但暂还家,吾今且报[11]府。不久当归还,还必相迎取。以此下心意,慎勿违吾语。"

新妇谓府吏:"勿复重纷纭。往昔初阳岁,谢家[12]来贵门。奉事循公姥,进止敢自专。昼夜勤作息,伶俜萦苦辛。谓言无罪过,供养卒大恩。仍更被驱遣,何言复来还。妾有绣腰襦,葳蕤自生光[13]。红罗复斗帐,四角垂香囊。箱帘六七十,绿碧青丝绳。物物各自异,种种在其中。人贱物亦鄙,不足迎后人。留待作遣施[14],于今无会因。时时为安慰,久久莫相忘。"

鸡鸣外欲曙,新妇起严妆。着我绣夹裙,事事四五通[15]。足下蹑丝履,头上玳瑁光。腰若流纨素,耳着明月珰。指如削葱根,口如含朱丹。纤纤作细步,精妙世无双。

上堂谢阿母,母听去不止。"昔作女儿时,生小出野里。本自无教训,兼愧贵家子。受母钱帛多,不堪母驱使。今日还家去,念母劳家里。"却与小姑别,泪落连珠子。"新妇初来时,小姑如我长[16]。勤心养公姥,好自相扶将[17]。初七及下九[18],嬉戏莫相忘。"出门登车去,涕落百余行。

府吏马在前,新妇车在后。隐隐何甸甸[19],俱会大道口。下马入车中,低头共耳语:"誓不相隔卿。且暂还家去,吾今且赴府。不久当还归,誓天不相负。"

新妇谓府吏:"感君区区怀。君既若见录,不久望君来。君当作磐石,妾当作蒲苇。蒲苇纫如丝,磐石无转移。我有亲父兄,性行暴如雷。恐不任我意,逆以煎我怀。"举手长劳劳[20],二情同依依。

入门上家堂,进退无颜仪。阿母大拊掌:"不图子自归。十三教汝织,十四能裁衣。十五弹箜篌,十六知礼仪。十七遣汝嫁,谓言无誓违。汝今无[21]罪过,不迎而自归。"兰芝惭阿母:"儿实无罪过。"阿母大悲摧。

还家十余日,县令遣媒来。云有第三郎,窈窕世无双。年始十八九,便言[22]多令才。

阿母谓阿女:"汝可去应之。"

阿女衔泪答:"兰芝初还时,府吏见丁宁[23],结誓不别离。今日违情义,恐此事非奇。自可断来信,徐徐更谓之。"

阿母白媒人:"贫贱有此女,始适还家门。不堪吏人妇,岂合令郎君。幸可广问讯,不得便相许。"

媒人去数日,寻遣丞请还。说有兰家女,承籍有宦官。云有第五郎,娇逸未有婚。遣丞为媒人,主簿通语言。直说太守家,有此令郎君。既欲结大义,故遣来贵门。

阿母谢媒人:"女子先有誓,老姥岂敢言。"

阿兄得闻之,怅然心中烦。举言谓阿妹:"作计何不量。先嫁得府吏,后嫁得郎君。否泰如天地,足以荣汝身。不嫁义郎体,其往欲何云。"

兰芝仰头答:"理实如兄言。谢家事夫婿,中道还兄门。处分适兄意,那得自任专。虽与府吏要,渠会永无缘。登即相许和,便可作婚姻。"

媒人下床去,诺诺复尔尔。还部白府君:"下官奉使命,言谈大有缘。"府君得闻之,心中大欢喜。视历复开书,便利此月内。六合㉔正相应,良吉三十日。"今已二十七,卿可去成婚。"交语速装束,络绎㉕如浮云。青雀白鹄舫,四角龙子幡。婀娜随风转,金车玉作轮。踯躅青骢马,流苏金镂鞍。赍钱三百万,皆用青丝穿。杂彩三百匹,交用㉖市鲑珍。从人四五百,郁郁登郡门。

阿母谓阿女:"适得府君书,明日来迎汝。何不作衣裳,莫令事不举。"

阿女默无声,手巾掩口啼,泪落便如泻。移我琉璃榻,出置前窗下。左手持刀尺,右手执绫罗。朝成绣夹裙,晚成单罗衫。晻晻日欲暝,愁思出门啼。

府吏闻此变,因求假暂归。未至二三里,摧藏马悲哀。新妇识马声,蹑履相逢迎。怅然遥相望,知是故人来。举手拍马鞍,嗟叹使心伤:"自君别我后,人事不可量。果不如先愿,又非君所详。我有亲父母,逼迫兼弟兄。以我应他人,君还何所望。"

府吏谓新妇:"贺卿得高迁。磐石方且厚,可以卒千年。蒲苇一时纫,便作旦夕间。卿当日胜贵,吾独向黄泉。"

新妇谓府吏:"何意出此言。同是被逼迫,君尔妾亦然。黄泉下相见,勿违今日言。"执手分道去,各各还家门。生人作死别,恨恨那可论。念与世间辞,千万不复全。

府吏还家去,上堂拜阿母:"今日大风寒,寒风摧树木,严霜结庭兰。儿今日冥冥,令母在后单。故作不良计,勿复怨鬼神。命如南山石,四体康且直。"

阿母得闻之,零泪应声落。"汝是大家子,仕宦于台阁。慎勿为妇死,贵贱情何薄。东家有贤女,窈窕艳城郭。阿母为汝求,便复在旦夕。"

府吏再拜还,长叹空房中,作计乃尔立。转头向户里,渐见愁煎迫。

其日牛马嘶,新妇入青庐㉗。庵庵黄昏后,寂寂人定㉘初。我命绝今日,魂去尸长留。揽裙脱丝履,举身赴清池。

府吏闻此事,心知长别离。徘徊庭树下,自挂东南枝。

两家求合葬,合葬华山㉙傍。东西植松柏,左右种梧桐。枝枝相覆盖,叶叶相交通。中有双飞鸟,自名为鸳鸯。仰头相向鸣,夜夜达五更。行人驻足听,寡妇起傍徨。多谢㉚后世人,戒之慎勿忘。(《玉台新咏》卷一。《乐府诗集》卷七三。《古乐府》卷一〇。《古诗纪》卷七。《汉诗》卷一〇。)

【题解】

《古诗为焦仲卿妻作》,《玉台新咏》题作《古诗无名人为焦仲卿妻作》;《乐府诗集》《古乐府》作《焦仲卿妻》。后世亦取开篇第一句话《孔雀东南飞》为题名。属于《杂曲歌辞》。

古诗刻画了刘兰芝勤劳、善良、坚贞不屈与焦母作为封建家长的形象。以焦、刘二人的爱情悲剧为主线,警醒世人,并控诉封建家长制度的专制主义。

【注释】

①庐江:郡名,在今安徽庐江西南。
②人:《玉台新咏》无此字。
③素:《艺文类聚》作"绮"。
④大人:此处指焦仲卿的母亲。《古诗纪》:"一作丈人。"

⑤启:禀告。
⑥共事:此处指夫妻在一起共同生活。
⑦不厚:不厚爱。
⑧区区:愚拙,笨拙。
⑨可怜:可爱。
⑩告:《玉台新咏》作"答"。
⑪报:《古诗纪》作"赴"。
⑫谢家:辞别自己的家。
⑬自生光:一作"金缕光"。
⑭遗施:赠送。遗:一作"遗"。
⑮通:遍。
⑯"新妇"句:本句《古诗纪》作"新妇初来时,小姑始扶床。今日被驱遣,小姑如我长。"
⑰扶将:扶持,爱护。
⑱初七:指乞巧节。下九:指农历每月的十九日。下九日为汉代妇女欢聚的日子。
⑲隐隐、甸甸:形容车子前行时的响声。
⑳劳劳:指分别时彼此忧伤的样子。
㉑无:《古诗纪》作"何"。
㉒便(pián)言:有口才。
㉓丁宁:即"叮咛",嘱托。
㉔六合:指吉日良辰时,需考虑月建和日辰的"冲"和"合","合"指子与丑合,寅与亥合,卯与戌合,辰与酉合,巳与申合,午与未合,总成六合。
㉕络绎:《玉台新咏》作"骆驿"。
㉖用:《玉台新咏》《乐府诗集》《古诗纪》作"广",误。
㉗青庐:指用青布搭成的棚。古代举行婚礼,交拜迎妇的地方。
㉘人定:夜深人静的时候。《后汉书·耿弇传》:"人定时,(张)步果

引去,伏兵起纵击,追至钜昧水上。"

㉙华山:具体位置今不可考。

㉚谢:诫,告诫。

枯鱼过河泣

枯鱼过河泣,何时悔复及。作书与鲂鱮①,相教慎出入。(《乐府诗集》卷七四。《文选补遗》卷三四。《广文选》卷一二。《古诗纪》卷一七。《汉诗》卷一〇。)

【题解】

《枯鱼过河泣》,属于《杂曲歌辞》。

歌辞以枯鱼自比,来告诫人们要谨慎自己的言行。

【注释】

①鲂(fáng):指鱼名,今名为武昌鱼。鱮(xù):指鱼名,即鲢鱼。《诗经·小雅·采绿》:"其钓维何?维鲂与鱮。"

武溪深行

马 援

滔滔武溪①一何深,鸟飞不度②,兽不敢临。嗟哉武溪多毒淫③!(《乐府诗集》卷七四。《风雅翼》卷一〇。《古诗纪》卷一三。《汉诗》卷五。)

【题解】

《武溪深行》,汉乐府题名,一曰《武陵深行》,东汉马援所作。在《乐府诗集》中属于《杂曲歌辞》。

《乐府诗集》引西晋崔豹《古今注》曰:"《武溪深》,马援南征之所作也。援门生爰寄生善吹笛,援作歌,令寄生吹笛以和之,名《武溪深》。"

歌辞言南征将士的苦楚。

【注释】

①滔滔:形容大河奔流的样子。《诗经·齐风·载驱》:"汶水滔滔,行人儦儦。"武溪:指武水的旧称,在今湖南省泸溪县东北部。
②度:指飞过,度过。也作"渡"。
③毒淫:也即毒疠,此处指溪水中的瘴疠之气。

同声歌

张 衡

邂逅承际会,得充君①后房。情好新交接,恐栗②若探汤。不才勉自竭,贱妾职所当。绸缪主中馈,奉礼助蒸尝。思为③莞蒻席,在下蔽匡床④。愿为⑤罗衾帱,在上卫风霜。洒扫清枕席,鞞芬以狄⑥香。重户结金扃⑦,高下华灯光。衣解巾粉御,列图陈枕张。素女为我师,仪态盈万方。众夫所希见,天老教轩皇。乐莫斯夜乐,没齿焉可忘。(《玉台新咏》卷一。《乐府诗集》卷七六。《广文选》卷一三。《古诗纪》卷一三。《汉诗》卷六。)

【题解】

《同声歌》,汉乐府题名,东汉张衡所作,在《乐府诗集》中属于《杂曲歌辞》。

《乐府诗集》引《乐府解题》:"《同声歌》,汉张衡所作也。言妇人自谓幸得充闱房,愿勉供妇职,不离君子。思为莞簟,在下以蔽匡床;衾裯,在上以护霜露。缱绻枕席,没齿不忘焉。以喻臣子之事君也。"

歌辞题目是根据《周易·乾》"同声相应,同气相求"而取的,指志趣相投的人互相呼应。诗中以女子的口吻来写她尽心尽力地侍奉自己的丈夫,看似以女德侍奉丈夫,实则以忠诚侍奉君主。

【注释】

①得充君:一作"遇得充"。

②栗:《玉台新咏》作"瞟",误,今据改。

③为:《广文选》作"惟"。

④蒻(ruò)席:指用香蒲做成的席子。匡床:指舒适的床。

⑤为:《广文选》作"得"。

⑥狄:《古诗纪》:"一作秋"。

⑦结:《广文选》作"纳"。金扃(jīn jiōng):指用黄金装饰而成的门。

定情诗

繁 钦

我出东门游,邂逅承清尘。思君即幽房,侍寝执衣巾。时无桑中契,迫此路侧人。我既媚君姿,君亦悦我颜。何以致拳拳①,绾臂双金环;何以致殷勤,约指一双银;何以致区区,耳中双明珠;何以致叩叩,香囊系肘后;何以致契阔,绕腕双跳脱②;何以结恩情,佩③玉缀罗缨;何以结中心,素缕连双针;何以结相于④,金簿画搔头;何以慰⑤别离,耳后玳瑁钗;何以答⑥欢悦,纨素三条⑦裙;何以结愁悲,白绢双中衣。与我期何所,乃期东山隅,日旰兮不至⑧,谷风吹我襦。无望无所见,涕泣起踟蹰。与我期何所,乃期东山南隅,日旰兮不来,飘⑨风吹我裳。逍遥莫谁睹,望君愁我肠。与我期何所,乃期西山侧,日夕兮不来,踯躅长叹息。远望凉风至,俯仰正衣服。与我期何所,乃期山北岑,日暮兮不来,凄风吹我襟。望君不能坐,悲苦愁我心。爱身以何为,惜我华色时,中情既款款,然后克密期。褰衣蹑茂⑩草,谓君不我欺⑪。厕此丑陋质,徙倚无所之。自伤失所欲,泪下如连丝。(《玉台新咏》卷一。《乐府诗集》卷七六。《古诗纪》卷一七。《魏诗》卷三。)

【题解】

《乐府诗集》引《乐府解题》:"言妇人不能以礼从人,而自相悦媚。乃解衣服玩好致之,以结绸缪之志,若臂环致拳拳,指环致殷勤,耳珠致区区,香囊致扣扣,跳脱致契阔,佩玉结恩情,自以为志而期于山隅、山阳、山西、山北。终而不答,乃自伤悔焉。"

【注释】

①拳拳:指真诚、恳切的样子。与下面"区区、叩叩、契阔、恩情、中心、相于"语意相同。

②跳脱:即"条脱",指手镯、腕钏一类的装饰用品。

③佩:《古诗纪》作"美"。

④相于:《玉台新咏》作"相投"。于:《古诗纪》云:"一作投。"

⑤慰:一作"表"。

⑥答:一作"合"。

⑦三:一作"二"。条:一作"衫"。

⑧至:《玉台新咏》作"来"。

⑨飘:《玉台新咏》作"凯"。

⑩衣:《玉台新咏》作"裳"。茂:《乐府诗集》作"花",当误,今据改。

⑪欺:《古诗纪》作"期"。

猛虎行 三首

饥不从猛虎食,暮①不从野雀栖。野雀安无巢,游子为谁骄。(《乐府诗集》卷三一。《文选》卷二八《猛虎行》注。《文选》卷三〇《杂诗》注。《风雅翼》卷四。《古诗纪》卷一七。《汉诗》卷一〇。)

少年惶且怖,伶俜到他乡②。(《文选》卷一六《寡妇赋》注。《汉诗》卷一〇。)

禀气有丰约③,受形有短长。(《文选》卷五〇《谢灵运传论》注。《汉诗》卷一〇。)

【题解】

《猛虎行》,汉乐府题名,在《乐府诗集》中属于《相和歌辞》。本篇为古辞,逯钦立《先秦汉魏晋南北朝诗》中列在《杂曲歌辞》之下,今依之。

歌辞以"猛虎"和"野雀"起兴,猛虎象征强大的社会势力,野雀象征依附于强大社会势力的弱势群体,游子则洁身自好,遵从着自己的志向和操守。

【注释】

①暮:《文选》注:"暮上或衍'日'字"。

②伶俜(líng pīng):指漂泊流离的样子。本首及下一首《乐府诗集》中未收,今据补。

③丰约:指盛衰、多少。《国语·楚语下》:"夫事君者,不为外内行,不为丰约举。"

上留田行

里中^①有啼儿,似类亲父^②子。回车问啼儿,慷慨不可止^③。(《乐府诗集》卷三八《上留田行》注。《古诗纪》卷一七。《汉诗》卷一〇。)

【题解】

《上留田行》,汉乐府题名,在《乐府诗集》中属于《相和歌辞》。因本篇为古辞,又逯钦立《先秦汉魏晋南北朝诗》中列在《杂曲歌辞》之下,今依之。

歌辞言啼儿的哭声引起路人的关怀。

【注释】

①里中:古代以二十五家为一里,此处引申为乡野之中。

②父:逯钦立《先秦汉魏晋南北朝诗》:"当是'交'字残文,亲交,汉人习语。"

③慷慨不可止:此处引申为啼儿大哭不可止。

古　歌^①

秋风萧萧愁杀人,出亦愁,入亦愁。座中何人,谁不怀忧。令我白头。胡地多飙风^②,树木何修修^③。离家日趋远,衣带日趋缓。心思不能言,肠中车轮转。(《古诗类苑》卷四五。《古诗纪》卷一七。《太平御览》卷二五作《古乐府歌》,所引缺忧、头二韵。《文选》卷二三《七哀诗》注作《古诗》,引忧、头、二韵。《汉诗》卷一〇。)

【题解】

逯钦立《先秦汉魏晋南北朝诗》曰:"此歌与前悲歌当为同篇残文。"今录之,以备核查。

歌辞言庶卒将士怀乡之情。

【注释】

①本篇《乐府诗集》未收,今据补。
②胡:《古诗纪》作"故"。飙风:指狂风,旋风。
③修修:《太平御览》作"萧萧"。

艳　歌①

今日乐上乐,相从步云衢②。天公出美酒,河伯出鲤鱼。青龙前铺席,白虎持榼壶③。南斗工鼓瑟④,北斗吹笙竽。姮娥垂明珰,织女奉瑛琚⑤。苍霞扬东讴⑥,清风流西歈⑦。垂露成帏幄⑧,奔星扶轮舆⑨。(《古诗类苑》卷三三。《古诗纪》卷一七。《太平御览》卷五三九作《古艳诗》,引前四句。《汉诗》卷一〇。)

【题解】

《艳歌》,汉乐府题名,又称《妍歌》或《古艳诗》。

歌辞言天上的游乐,饮食所用的佳肴以及宴会时所奏之乐都是极为稀有的。诗作气势恢宏地向世人展现了一副天上人间宴饮图。

【注释】

①本篇《乐府诗集》未收,今据补。
②步云衢:《太平御览》无此三字。

③榼(kē)壶:指盛酒的壶。
④瑟:《太平御览》作"琴"。
⑤瑛琚:此处指美玉。
⑥东讴:指东部齐地的歌曲。
⑦西歈(yū):指吴地的歌曲。
⑧帷幄:指室内悬挂的帐幕。《韩非子·喻老》:"天下无道,攻击不休,相守数年不已,甲胄生虮虱,燕雀处帷幄,而兵不归。"
⑨轮舆:指车轮,车舆。

古咄唶歌①

枣下何攒攒②,荣华各有时。枣欲初赤③时,人从四边来。枣适今日赐④,谁当仰视之。(《文选》卷一八《笙赋》注。《古诗纪》卷一七。《汉诗》卷一〇。)

【题解】

《古咄唶歌》,汉乐府题名,作者不详。

歌辞由枣树从繁华转向衰落时所处的境地而发的感叹,来衬托人生在世不称意的哀伤。

【注释】

①咄唶(duō jiè):叹息声。本篇《乐府诗集》未收,今据补。
②攒攒(cuán cuán):指人多聚集的样子。
③初赤:初红,即枣初熟之时。
④赐:扬雄《方言》:"赐,尽也。"当是。

古步出夏门行 三首①

白骨不覆,疫疠②淫行。(《文选》卷二〇《关中诗》注。《汉诗》卷一〇。)

市朝易人③,千载④墓平。(《文选》卷二八《门有车马客诗》注、三〇《和伏武昌诗》注。《汉诗》卷一〇。)

行行复行行,白日薄西山。(《文选》卷二四《赠徐干诗》注、二七《从军诗》注。《汉诗》卷一〇。)

【题解】

《古步出夏门行》,汉乐府题名。

歌辞言行军之苦,年岁之不易。

【注释】

①此三首《乐府诗集》未收,今据补。
②疫疠(lì):指瘟疫。
③易人:逯钦立《先秦汉魏晋南北朝诗》:"一作人易"。
④载:同上,"一作岁"。

鸡鸣歌①

东方欲明星烂烂②,汝南晨鸡登坛唤。曲终漏尽严具③陈,月没星稀天下旦④。千门万户递鱼钥⑤,宫中城上飞乌鹊。(《乐府诗集》卷八三。《古诗纪》卷一四〇。《古乐苑》卷五〇。《汉诗》卷一〇。)

【题解】

《鸡鸣歌》,汉乐府题名,在《乐府诗集》中属于《杂歌谣辞》。

《汉书·高帝纪》:"羽夜闻汉军四面皆楚歌",应劭注:"楚歌者,鸡鸣歌也,汉已略得其地,故楚歌者多鸡鸣时歌也。"颜师古注:"楚歌者为楚人之歌,犹言吴饮越吟耳。若以鸡鸣为歌曲之名,于理则可,不得云鸡鸣时也。高祖令戚夫人楚舞,自为作楚歌,岂亦鸡鸣时乎。"

《乐府诗集》引《乐府广题》:"汉有鸡鸣卫士,主鸡唱。宫外旧仪,宫中与台并不得畜鸡。昼漏尽,夜漏起,中黄门持五夜,甲夜毕传乙,乙夜毕传丙,丙夜毕传丁,丁夜毕传戊,戊夜,是为五更。未明三刻鸡鸣,卫士起唱。"

逯钦立《先秦汉魏晋南北朝诗》:"汉七言诗率句句用韵,今此第三句不韵,似经后人窜改。"

歌辞言漏尽鸡鸣之时,卫士唱天明。

【注释】

①逯钦立《先秦汉魏晋南北朝诗》中将本篇列为《杂曲歌辞》之下,今依之。
②烂烂:形容光芒闪耀的样子。
③严具:妆具,指供人装扮的用具。因避汉明帝刘庄讳,改"妆"为"严"。
④旦:指天亮。
⑤鱼钥:指鱼形的锁。

古艳歌 七首①

孔雀东飞,苦寒无衣。为君作妻,中心恻悲。夜夜织作,不得下机。三日载匹,尚言吾迟。②(《太平御览》卷八二六。《汉诗》卷一〇。)

行行③随道,经历山④陂。马啖柏页⑤,人啖柏⑥脂。不可常⑦饱,聊可遏饥⑧。(《艺文类聚》卷八八。《太平御览》卷四八六、卷九五三《木部松》引脂、饥二韵。《草堂诗笺》卷一六《空囊诗》注。《古诗纪》卷二〇。《汉诗》卷一〇。)

茕茕⑨白兔,东走西顾。衣不如新,人不如故。(《太平御览》卷六八九、九七〇。《古诗纪》卷一四作《古怨歌》。《汉诗》卷一〇。)

兰草自生香,生于大道傍。十月钩帘起⑩,并⑪在束薪中。(《匡谬正俗》卷七。《升庵诗话·兰草》。《古诗纪》二〇作《古乐府》。《汉诗》卷一〇。)

秋霜白露下,桑叶郁为黄。(《太平御览》卷一四。《汉诗》卷一〇。)

白盐海东来,美豉⑫出鲁门。(《北堂书钞》卷一四六。《太平御览》卷八五五。《汉诗》卷一〇。)

居贫衣单薄,肠中常苦饥。(《文选》卷二七《善哉行》注。《汉诗》卷一〇。)

【题解】

《古艳歌》,汉乐府古辞。

【注释】

①本篇《乐府诗集》未收,今据补。

②逯钦立在《先秦汉魏晋南北朝诗》中言:"《古诗为焦仲卿作》即继承此歌。"

③行行:《太平御览》《草堂诗笺》作"行不"。

④山:《草堂诗笺》作"止",误。

⑤页:即"叶"。

⑥柏:《太平御览》或作"松"。

⑦常:《古诗纪》作"长"。
⑧本首在《古诗纪》中作《古诗》。
⑨茕茕:白兔孤独无依的样子。
⑩十月钩帘起:《升庵诗话》《古诗纪》作"腰镰八九月"。
⑪并:《升庵诗话》《古诗纪》作"俱"。
⑫美豉(chǐ):指美味的豆豉。

古歌 二首①

其一

金荆持作枕,紫荆持作床。②
(《古诗纪》卷一五六。《诗话补遗》卷一。《汉诗》卷一〇。)

其二

高田种小麦,终久不成穗。
男儿在他乡,焉得不憔悴。
(《齐民要术》卷二注引《氾胜之书》。《古诗纪》卷二〇。《尔雅翼》卷一引《氾胜之书》引前一句。《汉诗》卷一〇。)

【题解】

《古歌》,汉乐府古辞。
歌辞上言荆树之功用,下言离乡之思。

【注释】

①本篇《乐府诗集》未收,今据补。
②本首当是互文的创作手法,荆树既用来作枕,也用来作床。

郑白渠歌

田于何所①？池②阳、谷口。郑国在前,白渠③起后。举臿为云④,决渠为雨。泾水一石,其泥数斗。且溉且粪,长我禾黍。衣食京师,亿万之口。(《汉书·沟洫志》。《乐府诗集》卷八三。《续古文苑》卷四。《古诗纪》卷一八。《风俗通·山泽篇》。《太平御览》卷六二、四六五。《后汉书·班固传》注。《文选》卷二《西京赋》注。《古谣谚》卷五。《汉诗》卷三。)

【题解】

歌辞见于《汉书·沟洫志》:"自郑国渠起,至元鼎六年,百三十六岁,而儿宽为左内史,奏请穿凿六辅渠,以益溉郑国傍高卬之田。上曰:'农,天下之本也。泉流灌浸,所以育五谷也。左、右内史地,名山川原甚众,细民未知其利,故为通沟渎,畜陂泽,所以备旱也。今内史稻田租挈重,不与郡同,其议减。令吏民勉农,尽地利,平繇行水,勿使失时。'后十六岁,太始二年,赵中大夫白公复奏穿渠。引泾水,首起谷口,尾入栎阳,注渭中,袤二百里,溉田四千五百余顷,因名曰白渠。民得其饶,歌之曰……。言此两渠饶也。"

歌辞言起渠之艰苦。

【注释】

①所:处。
②池:《初学记》作"栎"。
③白渠:赵中大夫白公所奏穿渠,故称为"白渠"。
④臿(chā):同"锸",颜师古注:"臿,鍫也。"

楚 歌

刘 邦

鸿鹄高飞,一举千里。羽翮已就,横绝四海。横绝四海,当可奈何,虽有矰缴①,尚安所施。(《史记·留侯世家》。《汉书·张良传》。《北堂书钞》卷一〇六。《乐府诗集》卷八三。《文选补遗》卷三五。《广文选》卷一四。《古诗纪》卷一一。《古谣谚》卷四。《汉诗》卷一。)

【题解】

歌辞又作《鸿鹄》或《鸿鹄歌》,见于《汉书·张良传》:"四人为寿已毕,趋去。上目送之,召戚夫人指视曰:'我欲易之,彼四人为之辅,羽翼已成,难动矣。吕氏真乃主矣。'戚夫人泣涕,上曰:'为我楚舞,吾为若楚歌。'"

歌辞言太子刘盈羽翼已成,高祖亦无可奈何。

【注释】

①矰缴(zēng zhuó):指射鸟时用的系着丝绳的短箭。

戚夫人歌

子为王,母为虏,终日舂薄暮,常与死为伍。相离三千里,谁当使告女①。(《汉书·外戚传》。《太平御览》卷一三六。《乐府诗集》卷八四。《古诗纪》卷一二。《古谣谚》卷五。《汉诗》卷一。)

【题解】

歌辞一曰《舂歌》,见于《汉书·外戚传》:"高祖崩,惠帝立,吕后为皇太后,乃令永巷囚戚夫人,髡钳衣赭衣,令舂。戚夫人舂且歌曰……太后闻之大怒,曰:'乃欲倚女子邪?'乃召赵王诛之。使者三反,赵相周昌不遣。太后召赵相,相征至长安。使人复召赵王,王来。惠帝慈仁,知太后怒,自迎赵王霸上,入宫,挟与起居饮食。数月,帝晨出射,赵王不能蚤起,太后伺其独居,使人持鸩饮之。迟帝还,赵王死。太后遂断戚夫人手足,去眼熏耳,饮瘖药,使居鞠域中,名曰'人彘'。"

歌辞言戚夫人母子俱为吕后所难。

【注释】

①女(rǔ):即"汝",你。

秋风辞

刘 彻

秋风起兮白云飞,草木黄落兮雁南归。兰有秀兮菊有芳,怀佳人兮不能忘。泛楼船兮济汾河,横中流兮扬素波。箫鼓鸣兮发棹歌,欢乐极兮哀情多,少壮几时兮奈老何!(《文选》卷四五。《乐府诗集》卷八四引《汉武帝故事》。《汉诗》卷一。)

【题解】

歌辞见于《文选》。

《乐府诗集》引《汉武帝故事》:"帝行幸河东,祠后土。顾视帝京,忻然中流,与群臣饮宴。帝欢甚,乃自作《秋风辞》。"

歌辞言时不我待之悲。

李延年歌

北方有佳人,绝世①而独立,一顾倾人城,再顾倾人国!宁②不知倾城与倾国,佳人难再得!(《汉书·外戚传》。《玉台新咏》卷一。《乐府诗集》卷八四。《艺文类聚》卷一八。《初学记》卷一〇。《文选》卷二一《秋胡诗》注。《古诗纪》卷一二。《古谣谚》卷五。《汉诗》卷一。)

【题解】

歌辞见于《汉书·外戚传》:"孝武李夫人,本以倡进。初,夫人兄延年性知音,善歌舞,武帝爱之。每为新声变曲,闻者莫不感动。延年侍上起舞,歌曰……。上叹息曰:'善!世岂有此人乎?'平阳主因言延年有女弟,上乃召见之,实妙丽善舞。由是得幸,生一男,是为昌邑哀王。"

歌辞言佳人有倾城之美。

【注释】

①绝世:绝代。
②宁:岂。

乌孙公主歌

刘细君

吾家嫁我兮天一方,远托异国兮乌孙王。穹庐为室兮旃①为墙,以肉为食兮酪为浆。居常土思②兮心内伤,愿为黄鹄兮归故乡。(《汉书·西域传》。《玉台新咏》卷九。《北堂书钞》卷一六〇。《艺文类聚》卷四三。《太平御览》卷五七〇。《乐府诗集》卷八四。《广文选》卷一四。《事类赋·歌赋》注。《草堂诗笺》卷一二《留花门诗》注。《古诗纪》卷一二。《古谣谚》卷五。《汉诗》卷二。）

【题解】

歌辞一曰《悲愁歌》，见于《汉书·西域传》："汉元封中,遣江都王建女细君为公主,以妻焉。赐乘舆服御物,为备官属宦官侍御数百人,赠送甚盛。乌孙昆莫以为右夫人。匈奴亦遣女妻昆莫,昆莫以为左夫人。公主至其国,自治宫室居,岁时一再与昆莫会,置酒饮食,以币帛赐王左右贵人。昆莫年老,语言不通,公主悲愁,自为作歌曰……。天子闻而怜之,间岁遣使者持帷帐锦绣给遗焉。"

歌辞言远嫁之悲与思乡之苦。

逯钦立《先秦汉魏晋南北朝诗》言："此歌《广文选》作《刘安乌孙公主歌》,殊谬。"

【注释】

①旃(zhān):通"毡",毛织品。
②土思:汉土之思。

瓠子歌 二首

刘　彻

其一

瓠子决兮将奈何？浩浩洋洋兮虑殚①为河。殚为河兮地不得宁,功无已时兮吾山平。吾山平兮钜野②溢,鱼弗忧兮柏冬日。正道驰兮离常流,蛟龙骋兮方远游。归旧川兮神哉沛,不封禅兮安知外。为我谓河伯兮何不仁,泛滥不止兮愁吾人。齿桑浮兮淮、泗满③,久不返兮水维缓。

其二

河汤汤兮激潺湲,北渡回兮汛流难。搴长茭兮湛④美玉,河伯许兮薪不属。薪不属兮卫人罪,烧萧条兮噫乎何以御水。颓林竹兮楗石菑⑤,宣防⑥塞兮万福来。
(《史记·河渠书》。《汉书·沟洫志》。《水经注》卷二四。《乐府诗集》卷八四。《文选补遗》卷三五。《广文选》卷一四。《古诗纪》卷一一。《古谣谚》卷四。《汉诗》卷一。)

【题解】

歌辞见于《汉书·沟洫志》:"自河决瓠子后二十余岁,岁因以数不登,而梁楚之地尤甚。上既封禅,巡祭山川,其明年,乾封少雨。上乃使汲仁、郭昌发卒数万人塞瓠子决河。于是上以用事万里沙,则还自临决河,湛白马玉璧,令群臣从官自将军以下皆负薪置决河。是时东郡烧草,以故薪柴少,而下淇园之竹以为楗。上既临河决,悼功之不成,乃作歌……。"

歌辞言瓠子河决口之悲。

【注释】

①殚:尽。
②钜野:今山东境内。此句指瓠子河决口之后,处于下游的山东境内水患严重。
③淮、泗满:淮水、泗水满溢。
④茭:《史记·河渠书》裴骃《集解》引臣瓒曰:"竹苇絙谓之茭,下所以引致土石者也。"湛:同"沉"。
⑤颓:下坠。楗(jiàn)石:用来堵河水决口所用的树木和山石。菑

(zī):指堵河水决口所用的树木枯死。

⑥宣防:即宣房宫,建筑在瓠子堤上,用来祈福。

李陵歌

径①万里兮度沙漠,为君将兮奋匈奴。路穷绝兮矢刃摧,士众灭兮名已隤②。老母已死,虽欲报恩将安归!
(《汉书·苏武传》。《北堂书钞》卷一〇七。《文选》卷六〇《祭颜光禄文》注。《太平御览》卷四八八。《古诗纪》卷一二。《古谣谚》卷五。《汉诗》卷二。)

【题解】

歌辞一曰《别歌》,见于《汉书·苏武传》:"数月,昭帝即位。数年,匈奴与汉和亲。汉求武等,匈奴诡言武死。后汉使复至匈奴,常惠请其守者与俱,得夜见汉使,具自陈道。教使者谓单于,言天子射上林中,得雁,足有系帛书,言武等在某泽中。使者大喜,如惠语以让单于。单于视左右而惊,谢汉使曰:'武等实在。'于是李陵置酒贺武曰:'足下还归,扬名于匈奴,功显于汉室,虽古竹帛所载,丹青所画,何以过子卿!陵虽驽怯,令汉且贳陵罪,全其老母,使得奋大辱之积志,庶几乎曹柯之盟,此陵宿昔之所不忘也。收族陵家,为世大戮,陵尚复何顾乎?已矣!令子卿知吾心耳。异域之人,壹别长绝!'陵起舞,歌曰……。陵泣下数行,因与武决。单于召会武官属,前以降及物故,凡随武还者九人。"

歌辞言李陵兵败母亡之悲。

【注释】

①径:过。

②隤(tuí):败坏。

黄鹄歌

刘弗陵

黄鹄飞兮下建章①,羽肃肃兮行跄跄②。金为衣兮菊为裳,唼喋③荷荇,出入蒹葭。自顾菲薄,愧尔嘉祥。(《西京杂记》卷一。《太平御览》卷五九二。《乐府诗集》卷八四。《广文选》卷一四。《古诗纪》卷一一。《古谣谚》卷五七。《汉诗》卷二。)

【题解】

歌辞见于《西京杂记》:"始元元年,黄鹄下太液池,帝为此歌。"逯钦立《先秦汉魏晋南北朝诗》:"鹄、鹤,古率通用,故此鹄或作鹤。"歌辞言黄鹄祥瑞之事。

【注释】

①建章:即建章宫,汉武帝刘彻于太初元年(前104)所造。

②肃肃:《西京杂记》作"衣肃"。跄跄(qiāng qiāng):指鸟兽飞舞的样子。

③唼喋(shà zhá):象声词,形容鱼或水鸟吃食的声音。

上郡吏民为冯氏兄弟歌

大冯君,小冯君①,兄弟继踵相因循,聪明贤知②惠吏民,政如鲁、卫德化钧,周公、康叔犹二君。(《汉书·冯野王传》。《北堂书钞》卷七四。《艺文类聚》卷一九。《太平御览》二六〇、三九六、四六五。《乐府诗集》卷八五。《古诗纪》卷一八。《古谣谚》卷五。《汉诗》卷三。)

【题解】

歌辞又作《上郡歌》或《冯君歌》,见于《汉书·冯野王传》:"野王字君卿,受业博士,通《诗》。少以父任为太子中庶子。年十八,上书愿试守长安令。宣帝奇其志,问丞相魏相,相以为不可许。后以功次补当阳长,迁为栎阳令,徙夏阳令。元帝时,迁陇西太守,以治行高,入为左冯翊。"又载:"立字圣卿,通春秋。以父任为郎,稍迁诸曹。竟宁中,以王舅出为五原属国都尉。数年,迁五原太守,徙西河、上郡。立居职公廉,治行略与野王相似,而多知有恩贷,好为条教。吏民嘉美野王、立相代为太守,歌之曰……。后迁为东海太守,下湿病痹。天子闻之,徙立为太原太守。更历五郡,所居有迹。年老卒官。"

歌辞言冯氏兄弟勤政爱民。

【注释】

①大冯君:指兄长冯野王。小冯君:指弟冯立。

②知:智慧。

广陵王歌

欲久生兮无终,长不乐兮安穷!奉天期兮不得须臾①,千里马兮驻待路。黄泉下兮幽深,人生要死,何为苦心!何用为乐心所喜,出入无惊为乐亟。蒿里召兮郭门阅,死不得取代庸,身自逝。(《汉书·武五子传》。《乐府诗集》卷八五。《古诗纪》卷一一。《古谣谚》卷五。)

【题解】

歌辞一曰《瑟歌》,见于《汉书·武五子传》:"(昭帝时)胥宫园中枣树生十余茎,茎正赤,叶白如素。池水变赤,鱼死。有鼠昼立舞王后廷中。胥谓姬南等曰：'枣水鱼鼠之怪甚可恶也。'居数月，祝诅事发觉，有司按验，胥惶恐，药杀巫及宫人二十余人以绝口。公卿请诛胥，天子遣廷尉、大鸿胪即讯。胥谢曰：'罪死有余，诚皆有之。事久远，请归思念具对。'胥既见使者还，置酒显阳殿，召太子霸及子女董訾、胡生等夜饮，使所幸八子郭昭君、家人子赵左君等鼓瑟歌舞。王自歌曰……。左右悉更涕泣奏酒，至鸡鸣时罢。胥谓太子霸曰：'上遇我厚，今负之甚。我死，骸骨当暴。幸而得葬，薄之，无厚也。'即以绶自绞死。及八子郭昭君等二人皆自杀。天子加恩，赦王诸子皆为庶人，赐谥曰厉王。立六十四年而诛，国除。"广陵厉王胥，武帝第四子。

歌辞言将亡之悲。

【注释】

①天期：指天子规定的期限。须臾：形容时间很短。
②惊(cóng)：欢乐、乐趣。

五噫歌

梁　鸿

陟彼北芒①兮，噫！顾览帝京兮，噫！宫室崔嵬②兮，噫！民之劬劳③兮，噫！辽辽④未央兮，噫！（《后汉书·梁鸿传》。《乐府诗集》卷八五。《北堂书钞》卷一六〇。《文选补遗》卷三五。《广文选》卷一四。《古诗纪》卷一三。《古谣谚》卷六。《汉诗》卷五。）

【题解】

歌辞一曰《五噫之歌》，见于《后汉书·梁鸿传》："居有顷，妻曰：'常闻夫子欲隐居避患，今何为默默？无乃欲低头就之乎？'鸿曰：'诺。'乃共入霸陵山中，以耕织为业，咏《诗》《书》，弹琴以自娱。仰慕前世高士，而为四皓以来二十四人作颂。因东出关,过京师,作《五噫之歌》曰……。肃宗闻而非之,求鸿不得。乃易姓运期,名燿,字侯光,与妻子居齐鲁之闲。"

歌辞言帝王宫阙之宏伟,与百姓之困苦作出明显的对比。

【注释】

①北芒:即邙山,横卧于洛阳北侧。

②崔嵬:形容高大、高耸的样子。

③劬劳(qú láo):指劳苦,劳累。

④辽辽:形容遥远的样子。

岑君歌

我有枳棘①,岑君伐之。我有蟊贼,岑君遏之。狗吠不惊,足下生氂。含哺鼓腹,焉知凶灾。我喜我生,独丁斯时。美矣岑君,於戏休兹。(《后汉书·岑彭传》附《岑熙传》。《乐府诗集》卷八五。《古诗纪》卷一八。《古谣谚》卷六。《汉诗》卷八。)

【题解】

歌辞一曰《魏郡舆人歌》,见于《后汉书·岑彭传》附《岑熙传》:"(岑熙)迁魏郡太守,招聘隐逸,与参政事,无为而化。视事二年,舆人歌之曰……"岑君,指岑熙,岑彭玄孙。

逯钦立《先秦汉魏晋南北朝诗》:"此歌非庶民作。"

歌辞言岑熙以无为感化百姓。

【注释】

①枳棘(zhǐ jí):指枳木与棘木,因其多刺,亦称恶木。此处亦比喻艰难险恶的环境。

董逃歌[①]

承乐世,董逃;游四郭,董逃。蒙天恩,董逃;带金紫,董逃。行谢恩,董逃;整车骑,董逃。垂欲发,董逃;与中辞,董逃。出西门,董逃;瞻宫殿,董逃。望京城,董逃;日夜绝,董逃。心摧[②]伤,董逃。(《后汉书·五行志》。《古诗纪》卷一八。《古谣谚》卷六。《汉诗》卷八。)

【题解】

歌辞一曰《灵帝中平中京都歌》,见于《后汉书·五行志》注引《风俗通》:"卓以《董逃之歌》主为已发,大禁绝之,死者千数。灵帝之末,礼乐崩坏,赏刑失中,毁誉无验,竞饰伪服,以荡典制,远近翕然,咸名后生放声者为时人。有识者窃言:'旧曰世人,次曰俗人,今更曰时人,此天促其期也。'其间无几,天下大坏也。"

歌辞言董卓嚣张跋扈,终有灭族之灾。

【注释】

①本篇《乐府诗集》未收,今据补。
②摧:《后汉书》作"推",疑误。

淋池歌[①]

秋素景兮乏洪波,挥纤手兮折芰荷。凉风凄凄扬棹歌,云光开曙[②]月低河。万岁为乐岂云多。(《拾遗记》卷六。《古谣谚》卷六六。)

【题解】

此歌见于《拾遗记》："昭帝始元元年,穿淋池,广千步。中植分枝荷,一茎四叶,状如骈盖,日照则叶低荫根茎,若葵之卫足,名'低光荷'。实如玄珠,可以饰佩。花叶难萎,芬馥之气,彻十余里。食之令人口气常香,益脉理病。宫人贵之,每游宴出入,必皆含嚼。或剪以为衣,或折以蔽日,以为戏弄。《楚辞》所谓'折芰荷以为衣',意在斯也。亦有倒生菱,茎如乱丝,一花千叶,根浮水上,实沉泥中,名'紫菱',食之不老。帝时命水嬉,游宴永日。土人进一巨槽,帝曰:'桂楫松舟,其犹重朴;况乎此槽,可得而乘也?'乃命以文梓为船,木兰为枻。刻飞鸾翔鹢,饰于船首,随风轻漾,毕景忘归,乃至通夜。使宫人歌曰……。帝乃大悦。起商台于池上。及乎末岁,进谏者多,遂省薄游幸,埋毁池台,鸾舟荷芰,随时废灭。今台无遗址,沟池已平。"

歌辞言淋池美景。

【注释】

①本篇《乐府诗集》未收,今据补。
②开曙:指黎明。

越谣歌

君乘车,我戴笠①,他日相逢下车揖。君檐簦②,我跨马,他日相逢为君下。(《乐府诗集》卷八七。《文选补遗》卷三四。《古诗纪》卷二。)

【题解】

越谣歌,汉乐府题名,一曰《越谣》。
谣辞言情谊不因富贵与官职而改变。

【注释】

①笠(lì):指用竹篾或棕皮编制的用来遮阳挡雨的帽子。

②簦(dēng):指有柄的笠。

城中谣

城中好高髻,四方高一尺;城中好广眉,四方且半额;城中好大袖,四方全匹帛。(《后汉书·马援传》。《玉台新咏》卷一。《乐府诗集》卷八七。《文选补遗》卷三五。《古诗纪》卷一八。《古谣谚》卷六。《汉诗》卷三。)

【题解】

谣辞又作《马廖引长安语》《汉时童谣歌》,见于《后汉书·马援传》:"夫改政移风,必有其本。传曰:'吴王好剑客,百姓多创瘢;楚王好细腰,宫中多饿死。'长安谣语……。斯言如戏,有切事实。前下制度未几,后稍不行。"

谣辞言长安城中之俗尚高髻、广眉、大袖。

后汉桓灵时谣 二首

举秀才,不知书。察孝廉,父别居。寒素清白浊如泥,高第良将怯如黾[①]。(《抱朴子·审举》。《北堂书钞》卷七九。《太平御览》卷四九六。《乐府诗集》卷八七。《古诗纪》卷一八。《汉诗》卷八。)

古人欲达勤诵经,今世图官免治生。(《抱朴子·审举》。《后汉书》佚文。《古谣谚》卷六。)

【题解】

此二则谣辞,一曰《时人为贡举语》《桓灵时人为选举语》。《抱朴子·审举》载:"桓、灵之世,更相滥举,故人为之语曰……。"谣辞言所举之官有名而无实。

【注释】

①黾:一作"蝇"。本句《乐府诗集》中无,今据补。

箜篌谣

结交在相得,骨肉何必亲。甘言无忠实,世薄多苏秦①。从风暂靡草,宝贵上升天。不见山巅树,摧扤②下为薪。岂甘井中泥,上出作埃尘。(《文苑英华》卷二一〇。《乐府诗集》卷八七。《太平御览》卷四〇六。《古诗纪》卷九八。《汉诗》卷一〇。)

【题解】

谣辞见于《文苑英华》。一曰《古歌辞》。

谣辞言结交贵在心相知。

【注释】

①世薄多苏秦:指苏秦尚巧言。
②摧扤(wù):摧折。

成帝时童谣

燕燕尾涎涎①,张公子②,时相见。木门仓琅根③。燕飞来,啄皇孙,皇孙死,燕啄矢④。(《汉书·五行志》。《汉书·外戚传》。《开元占经》卷一一三。《玉台新咏》卷九。《乐府诗集》卷八八。《文选补遗》卷三五。《锦绣万花谷》卷三九。《古诗纪》卷一八。《古谣谚》卷五。《汉诗》卷三。)

【题解】

谣辞又作《成帝时燕燕童谣》《西汉童谣》,见于《汉书·五行志》:"成帝时童谣曰……。其后帝为微行出游,常与富平侯张放俱称富平侯家人,过阳阿主作乐,见舞者赵飞燕而幸之,故曰'燕燕尾涎涎',美好貌也。张公子谓富平侯也。'木门仓琅根',谓宫门铜锾,言将尊贵也。后遂立为皇后。弟昭仪贼害后宫皇子,卒皆伏辜,所谓'燕飞来,啄皇孙,皇孙死,燕啄矢'者也。"

谣辞言皇子被赵氏姊妹二人残害。

【注释】

①涎涎(tǐng tǐng):有光泽的样子。
②张公子:指富平侯张放。
③仓琅根:《汉书·五行志》颜师古注:"门之铺首及铜环也。铜色青,故曰仓琅。铺首衔环,故谓之根。"
④此句指皇后赵氏姊妹二人被宠幸,及至残害皇子之事。

后汉顺帝末京都童谣

直如弦①,死道边。曲如钩②,反封侯。(《风俗通义·佚文》。《后汉书·五行志》。《乐府诗集》卷八八。《文选补遗》卷三五。《古诗纪》卷一八。《古谣谚》卷六。《汉诗》卷八。)

【题解】

谣辞一曰《顺帝末京都童谣》,见于《后汉书·五行志》:"顺帝之末,京都童谣曰……。案顺帝即世,孝质短祚,大将军梁冀贪树疏幼,以为己功,专国号令,以赡其私。"

谣辞言不同的处世方式有不同的结果。

【注释】

①直如弦:刚直如弦,引申为清廉刚直。
②曲如钩:弯曲如钓钩,引申为趋炎附势。

后汉桓帝初小麦童谣

小麦青青大麦枯,谁当获者妇与姑。丈人何在西击胡。吏买马,君具车,请为诸君鼓咙①胡。(《后汉书·五行志》。《乐府诗集》卷八八。《文选补遗》卷三五。《古诗纪》卷一八。《古谣谚》卷六。《汉诗》卷八。)

【题解】

谣辞一曰《桓帝初小麦童谣》,见于《后汉书·五行志》:"桓帝之初,天下童谣曰……。案元嘉中凉州诸羌一时俱反,南入蜀、汉,东抄三辅,延及并、冀,大为民害。命将出众,每战常负,中国益发甲卒,麦多委弃,但有妇女获刈之也。吏买马君具车者,言调发重及有秩者也。请为诸君鼓咙胡者,不敢公言,私咽语也。"

谣辞言击胡之事。

【注释】

①鼓咙(lóng):私语。

后汉灵帝末京都童谣

侯非侯,王非王,千乘万骑上北芒。(《后汉书·五行志》。《乐府诗集》卷八八。《古诗纪》卷一八。《汉诗》卷八。)

【题解】

谣辞一曰《灵帝末京都童谣》,见于《后汉书·五行志》:"灵帝之末,京都童谣曰……。案到中平六年,史侯登蹋至尊,献帝未有爵号,为中常侍段珪等数十人所执,公卿百官皆随其后,到河上,乃得来还。此为非侯非王上北芒者也。"

谣辞言东汉末年献帝被侯王所胁迫。

后汉献帝初京都童谣

千里草,何青青。十日卜,不得生。(《风俗通义·佚文》。《后汉书·五行志》。《乐府诗集》卷八八。《古诗纪》卷一八。《古谣谚》卷六。《汉诗》卷八。)

【题解】

谣辞一曰《献帝初京都童谣》,见于《后汉书·五行志》:"献帝元初,京都童谣……。案:'千里草'为董,'十日卜'为卓。凡别字之体,皆从上起,左右离合,无有从下发端者也。今二字如此者,天意若曰:卓自下摩上,以臣陵君也。'青青'者,暴盛之貌。'不得生'者,亦旋破亡也。"

谣辞言董卓将亡。

优孟歌①

山居耕田苦,难以得食。起而为吏,身贪鄙者余财,不顾耻辱。身死家室富,又恐受赇枉法,为奸触大罪,身死而家灭。贪吏安可为也。念为廉吏,奉法守职,竟死不敢为非,廉吏安可为也。楚相孙叔敖持廉至死,方今妻子穷困,负薪而食。不足为也。(《史记·滑稽列传》。《古谣谚》卷四。《先秦诗》卷二。)

【题解】

此歌见于《史记·滑稽列传》:"楚相孙叔敖知其贤人也,善待之。病且死,属其子曰:'我死,汝必贫困。若往见优孟,言我孙叔敖之子也。'居数年,其子穷困负薪,逢优孟,与言曰:'我,孙叔敖之子也。父且死时,属我贫困往见优孟。'优孟曰:'若无远有所之。'即为孙叔敖衣冠,抵掌谈语。岁余,像孙叔敖,楚王及左右不能别也。庄王置酒,优孟前为寿。庄王大惊,以为孙叔敖复生也,欲以为相。优孟曰:'请归与妇计之,三日而为相。'庄王许之。三日后,优孟复来。王曰:'妇言谓何?'孟曰:'妇言慎无为,楚相不足为也。如孙叔敖之为楚相,尽忠为廉以治楚,楚王得以霸。今死,其子无立锥之地,贫困负薪以自饮食。必如孙叔敖,不如自杀。'因歌曰……。于是庄王谢优孟,乃召孙叔敖子,封之寝丘四百户,以奉其祀。后十世不绝。此知可以言时矣。"

谚语言贪吏不可为,廉洁至死亦不可为。

【注释】

①本篇《乐府诗集》未收,今据补。

"崇文国学经典"书目

诗经	古诗十九首 汉乐府选
周易	世说新语
道德经	茶经
左传	资治通鉴
论语	容斋随笔
孟子	了凡四训
大学 中庸	徐霞客游记
庄子	菜根谭
孙子兵法	小窗幽记
吕氏春秋	古文观止
山海经	浮生六记
史记	三字经 百家姓 千字文 弟子规
楚辞	声律启蒙 笠翁对韵
黄帝内经	格言联璧
三国志	围炉夜话